Couverture : lettrage de Pierre Alechinsky.

Traits et portraits

Collection dirigée
par Colette Fellous

CHANTAL THOMAS
de l'Académie française

De sable et de neige

Avec des photos d'Allen S. Weiss

MERCVRE DE FRANCE

À *Charlette Raulin, « l'Inséparable »,*
mémoire intense et précise de mes années d'enfance,
des jeux de plage et des journées en bateau –
et de la voix de mes parents.

Si les hommes ordinaires, les hommes
qui travaillent et restent silencieux, fait
qui ne les rend pas ordinaires après tout –
si, donc, la plupart des hommes devaient
écrire toutes leurs pensées ou une fraction
de leurs pensées, nous aurions des univers
entiers de littérature !

Jack Kerouac,
Journaux de bord, 1947-1954

Ils sont sans paroles
L'hôte, l'invité
Et le chrysanthème blanc.

Ōshima Ryōta

Le chemin de l'Horizon

Hier soir, avant d'aller dormir, j'ai eu envie d'expérimenter le jacuzzi installé au pied de la terrasse en bois qui prolonge ma chambre. Je me suis enveloppée dans un peignoir de bain et j'ai descendu pieds nus l'escalier menant directement dans l'enclave du jacuzzi. J'ai suspendu le peignoir à une branche d'arbousier, soulevé la couverture et déclenché en deux pressions le bouillonnement brûlant prêt à me recouvrir. Ce fut un plaisir de sentir à la fois le tourbillon de bulles m'enrobant de sa chaleur et la fraîcheur de la nuit, laquelle se concentrait tout entière sur mon visage humide de gouttelettes mêlées de l'eau du bain et de ma sueur. Des jets puissants me massaient la nuque et les épaules, les reins. J'avais l'impression que le génie du jacuzzi, avec qui je croyais ce soir-là faire connaissance, me connaissait, lui, depuis longtemps. Peut-être était-il, sous cette forme infiniment réduite et artificielle, un émissaire de l'océan et, sous ses allures domestiquées, continuait-il d'entretenir un rapport – masochiste, malicieux? – avec l'iné-puisable sauvagerie de celui-ci, avec les rouleaux de ses vagues, tempestueuses, fracassantes. Elles ne sont pas éloignées, juste au-delà de la dune qui borne cette étendue de forêt. Par mauvais temps, elles doivent se faire entendre jusqu'ici. Même par beau temps, comme c'était le cas hier, jour de Pâques, leur rumeur toujours en devance la vue.

Que les vagues de l'océan soient si hautes, je l'avais oublié. Je le savais bien sûr, mais j'avais oublié la proximité physique avec elles, cette large marge d'écume qu'elles laissent en se retirant et où il est si délicieux de s'ébattre, et surtout leur pouvoir d'atti-rance. Le jeu de se risquer le plus loin possible pour revenir fondue dans leur énergie, bousculée, roulée, malmenée, rejetée sur le sable comme une épave. Une épave gesticulante et criante, survoltée d'exci-tation et adonnée au vertige de l'abîme, proie d'un abandon enthousiaste à la possibilité du désastre.

Quand je me suis avancée sur les lattes de bois du chemin de caillebotis, j'ai eu un vacillement : la violence de l'océan me prenait, ou me reprenait, par surprise. L'après-midi touchait à sa fin, les gens, beaucoup de familles, quittaient la plage, j'allais en sens contraire. Dans l'eau, il n'y avait, hors quelques surfeurs acharnés à trouver la bonne vague, qu'un petit garçon. Il s'amusait à accompagner sur le sable mouillé le retrait des vagues, puis à courir de toutes ses forces devant elles à leur retour, comme si elles le poursuivaient et qu'il réussissait à leur échapper de justesse. L'eau était froide, l'heure tardive : le petit garçon paraissait vraiment minuscule, et ses cris perçants dans le souffle de la vague prête à s'abattre sur lui avaient quelque chose d'angoissant. Sa mère le surveillait d'un œil anxieux, l'appelait. Ses appels glissaient sur l'enfant. Curieusement, et c'était nouveau pour moi, je m'associai à l'insouciance de l'enfant sans pour autant me fermer au cauchemar de la mère, qui avait passé cette belle journée d'un dimanche de Pâques à halluciner le corps de son fils emporté par les flots. « C'était cruel de notre part, m'avait dit une fois Thierry, mon frère, de jouer dans les vagues de l'océan, alors que notre mère se décomposait de peur pour nous. » Je me suis rappelé sa remarque tandis que je montais la dune en direction d'un blockhaus dominant la plage et que le petit garçon encore rétréci par la distance n'était plus qu'une infime silhouette, une petite boule chevelue allant et venant au rythme des vagues. Mon frère avait raison. Il y avait une cruauté de notre part. Une cruauté d'indifférence. Et peut-être pas seulement. Le mouvement mécanique du petit garçon semblant lancé au large puis ramené sur le rivage comme par un fil invisible m'a fait penser au jeu de la bobine, au jeu du Fort-Da, du Loin et du Proche, décrit et analysé par Freud, mais que j'avais découvert grâce à Roland Barthes. Il y faisait souvent référence dans sa parole et dans ses écrits (d'autant plus sans doute que sur lui la technique un peu magique du Fort-Da était restée sans effet). L'enfant joue à lancer une bobine au loin, elle disparaît; il tire sur le fil, elle réapparaît. Le jeu aurait pour but de symboliser les alternances de présence et d'absence de la mère et donc d'en surmonter la blessure, d'abord et en particulier celle du sevrage, la privation du bonheur du sein maternel. Le petit garçon qui suit une vague le plus loin possible dans son mouvement de retrait et court comme un dératé devant la suivante a pris la place de la bobine. Il force sa mère qui est tout sauf d'humeur ludique à jouer au jeu du Fort-Da. Fort : je vais être englouti par l'océan, tu ne me verras plus jamais; Da : je suis vivant et je cours dans ta direction, menacé par la vague mais plus rapide qu'elle. À la mine de la mère, malade d'inquiétude, il ne semble pas que le jeu soit une réussite. Il ne fait rire que l'enfant et n'habitue pas la mère à l'idée de l'éloignement ou de la perte de son enfant. Mais est-ce une idée à laquelle elle pourrait s'habituer ? Est-ce une idée à laquelle il est possible de s'habituer ? Dès l'instant où s'est créé un lien d'amour, existe-t-il une préparation à accepter qu'il se brise ?

L'océan a une dimension tragique, cela fait partie de sa beauté, de l'effroi de sa beauté. C'est quelque chose que j'ai ressenti depuis toujours, en contraste avec le sentiment de sécurité et de perfection à ma mesure dont me comblait la vie sur le bassin d'Arcachon. Le traverser, aller sur les plages de l'océan n'était pas un déplacement anodin. On passait de l'autre côté. La formule dans son imprécision désignait l'horreur du gouffre et le chaos des naufrages. Elle contenait un pressentiment de perdition.

Dans mon enfance, les excursions au Cap Ferret avaient l'importance de voyages. C'étaient des journées entières, pleines. Nous partions de la plage de la pêcherie rebaptisée plage « de la Jetée rouillée », abordions sur la rive opposée. Nous quittions le bateau de mon père. Il en profitait pour aller pêcher tranquille, en solitaire. Nous prenions le petit train qui nous conduisait à la plage où j'étais hier, dite comme je l'ai alors découvert : « la plage de l'Horizon ». Une surprise, car je l'appelais de son autre nom : « la plage du Petit Train », précisant pour moi-même « la plage du Petit Train de Félix », car j'étais convaincue (et je le suis encore un peu) que mon grand-père, ancien employé à la SNCF, cheminot, sans cesse animé par sa fantaisie bondissante, avait dessiné ce train aux proportions d'un jouet. Était-ce lui qui, dans le même élan, avait construit le joli phare rouge et blanc, plutôt original comme phare puisqu'il est situé dans les terres ? J'aurais aimé pouvoir le penser.

À l'arrivée, tous plus ou moins chargés de paniers de pique-nique, nous restions un instant figés (j'avais eu la même réaction hier) : un paysage immense, illimité, s'ouvrait devant nos yeux, mer et ciel pris dans des variations infinies de bleus, de verts, de violets, habité de toutes les nuances de gris par temps couvert, ou étincelant dans les beaux jours de printemps et d'été. Un horizon vide, magnifiquement vide. Il était, avec les hautes vagues mugissantes, les déferlantes en puissance de naufrage, la révélation du lieu, ce pour quoi nous avions abandonné pour un dimanche l'enclos protégé du Bassin, là où la mer m'apparaissait toujours sous un jour propice, complice, et cela même durant les tempêtes d'automne ou d'hiver, là où le monde était en accord avec mes envies. Les journées au Cap Ferret faisaient partie d'un rite familial : nous y allions deux ou trois fois par été. Il était entendu qu'à une de ces journées soient présents mes grands-parents paternels, Émile et Aline. Ils ne venaient pas de loin puisqu'ils demeuraient à La Teste-de-Buch dans une maison dont le jardin longeait la forêt et se terminait par quelques rangées de vigne. Aux vendanges, j'étais invitée à rejoindre, dans une grande cuve en bois, plusieurs enfants en train de fouler le raisin. L'étrangeté de ce contact contre la plante de mes pieds, nos cris, les vapeurs fruitées nous portaient proches du délire. Dans la cuve aux raisins l'état de fermentation était galopant. Il contrastait avec la sérénité de mes grands-parents paternels, peu loquaces et gentiment observateurs. Émile et Aline conservaient la même placidité durant leur journée d'océan. Assis sur une couverture, ils se comportaient en visiteurs, sans impatience, et avec une certaine distance, considérant comme s'il s'agissait d'une tapisserie le déchaînement des éléments. Jackie, ma mère, ne montrait pas la même constance. Ces excursions lui déplaisaient. Vu sa détestation du vent et des fortes vagues, elles se soldaient pour elle par une journée sans nager. C'est-à-dire : *Rien*, ainsi que le notait Louis XVI dans son carnet de chasse les jours où il ne chassait pas. *Rien*, c'est peut-être ce qui lui venait à l'esprit pour qualifier ce temps absurde dépourvu de son occupation favorite. Un *Rien* rageur. En supplément, cerise sur le gâteau, ou perle au creux de l'huître, nous lui offrions, avec mon frère et des camarades de plage, une sûre séance d'angoisse.

Je posais rarement des questions, et surtout pas sur les phénomènes naturels. C'était bien que la pluie, le vent, la grêle qui déchiquetait les floraisons, les phases de sécheresse qui faisaient s'enflammer les forêts de pins, désastres et bienfaits confondus, nous tombent dessus sans crier gare. Selon moi, à vouloir se prémunir des catastrophes, on excluait aussi les merveilles, et l'ère des prodiges en sa totalité partait en poussière. Je ne posais pas de questions, je ne demandais pas d'explications. Mais une fois à l'océan, il y avait toujours quelqu'un pour m'exposer à nouveau le phénomène des passes : comment, à certaines heures de la marée, sur la ligne où se rencontrent les eaux venant du Bassin augmentées de la Leyre (ce soupçon d'eau de rivière dans le bassin d'Arcachon lui confère sa douceur particulière) et celles de l'océan, les courants sont très forts et il se forme des

bancs de sables mouvants terriblement dangereux. Pendant des siècles, ils avaient été invisibles aux navigateurs et les navires s'y échouaient ; aujourd'hui encore il fallait s'en méfier… C'était aussi pourquoi, poursuivait mon guide bénévole, le Bassin avait été si longtemps coupé du monde extérieur. « Et par les terres, il n'était pas accessible ? » demandais-je, en refrénant mon envie de retourner me baigner. Les terres aussi étaient hostiles. Ce n'étaient que des marais. Personne n'était tenté par ces déserts malsains où végétait une population arriérée. Je détestais cette façon de raconter le passé d'Arcachon, et en moi-même je m'interrogeais sur ce que le monde extérieur avait à apporter à l'amélioration du Bassin. Comme, dans l'histoire de l'humanité, la bascule tant vantée du cru au cuit. Pour qui avait goûté, comme moi, après la fadeur du lait au frisson iodé de l'huître, il y avait de quoi avoir quelques doutes sur la réalité du progrès. Sans compter la corvée, volontiers soulignée par ma mère, de devoir plusieurs fois par jour se mettre aux fourneaux. Au stade du cru, me disais-je, on se promène sur le rivage, et quand vient l'appétit on ramasse une douzaine d'huîtres, quelques coques, des algues. Rien n'empêche, à la fin de l'été, de compléter la fête par une cueillette de mûres… Au fond, j'écoutais sans essayer de comprendre. Et si je posais des questions, c'était par politesse, comme : « Alors l'église Notre-Dame-des-Passes au Moulleau a été construite pour aider les marins à braver le péril des passes ? » « À leur mémoire plutôt », répondait Pierre, mon oncle de Cazaux, un militaire à la retraite, le seul qui, dans ma famille, se présentait avec l'air d'assurance (et de vulgarité, laissait entendre mon père) d'un « homme qui a vécu ». « Ces crétins ne savaient pas nager, ils comptaient sur la Vierge Marie ! N'importe quoi ! Notre-Dame-des-Passes, ça ne s'invente pas ! » Et il riait d'un rire qui me dégoûtait sans que j'en perçoive la raison.

Mais si c'était mon grand-père Félix qui entreprenait de me causer des passes, il proférait avec respect le nom de Notre-Dame-des-Passes, et, puisque son père, un marin breton, avait péri en mer, il ne se permettait pas la moindre ironie sur ceux qui se noient. D'ailleurs, aurait-il pu argumenter, dans la force des courants et des chenaux et dans le tohu-bohu des vagues des passes, que l'on sache nager ou non importe peu. Comme aujourd'hui pour les migrants dont le bateau chavire en pleine Méditerranée. Savoir nager peut aider à résister quelques heures mais pas au-delà. Dans les deux cas, c'est la misère qui vous plombe et vous accroche au cou,

au corps, un boulet. Mon grand-père Félix, qui lui-même ne savait pas nager et avait connu durant son enfance à Trémel les privations et la faim, divergeait vers d'autres sujets. Expliquer n'était pas son propos. Les sciences, selon lui, n'étaient qu'un système parmi d'autres. Il fonctionnait certes ; ça ne prouvait pas sa plus grande vérité. La poésie aussi avait sa vérité. Et elle fonctionne ? se moquait le militaire, l'homme qui avait roulé sa bosse et d'un coup d'œil averti évaluait à la maigreur de mon torse ma longue distance à parcourir avant de mériter d'être traitée en femme. Félix, pour toute réponse, sifflotait ou déclamait un bout de poème… Or quand, dans la nef descendue / La nonne appela le bandit / Au lieu de la voix attendue / C'est la foudre qui répondit / Dieu voulut que ses coups frappassent / Les amants par Satan liés / Enfants voici des bœufs qui passent / Cachez vos rouges tabliers ! Je reprenais avec lui Enfants voici des bœufs qui passent Cachez vos rouges tabliers ! J'adorais « La légende de la nonne », pour l'amour entre une religieuse et un brigand, mais surtout pour son refrain, à la fois mystérieux et explicite, comme une phrase entendue en rêve. Était-ce à cause de ces vers de Victor Hugo que j'avais voulu de toutes mes forces pour l'école, à une rentrée des classes, un tablier rouge ? J'étais allée tous les après-midi le contempler en vitrine avant de l'obtenir. Il serait ma note de couleur dans les jours mornes, ma parcelle d'éclat dans la classe mate, mon aveu non dissimulé d'un contact persistant avec l'aiguillon de la passion. Le tablier rouge ne m'avait pas déçue. Large, froncé à la taille, il bougeait en corolle autour de mes jambes. Il me reliait à la fois à Félix et à la poésie, à l'énigme de l'amour fou, et, plus simplement, à la campagne de Charente où je passais les mois de septembre et en partie d'octobre et où l'on disait « sarrau » pour tablier. Le sarrau était une blouse en coton aux motifs de petits carreaux ou de petites fleurs que les paysannes portaient à la place d'une robe ou sur elle et qui moulait les hanches, les fesses. J'avais demandé un sarrau avec la même ardeur que j'avais voulu le tablier rouge. J'allais et venais sur le marché de Saint-Porchaire pour en trouver un à ma taille. Comme il n'y en avait pas, je m'affublai d'un beaucoup trop grand, et par conséquent encore plus fastueux, pris à Louisette ou à sa sœur. Il me tombait jusqu'aux pieds et, pour marcher sans trébucher, je le relevais à deux mains, imitant le geste d'une noble dame en costume d'apparat. Et, de fait, chaque jour se répétait ma présentation à Leurs Souverainetés les Vaches…

25

Les journées à l'océan participaient de l'étendue de ses plages. Elles étaient pour nous, les enfants, une débauche d'activités. L'air était plus vif, le vent plus fort que sur le Bassin. Nous ne nous reposions, nous ne ralentissions pas une minute. Nous mangions le sandwich du pique-nique sans arrêter de sauter dans les vagues. L'œuf dur se salait au sel de la mer.

J'avais atteint le blockhaus au sommet de la dune. Il était bordé d'une piste pour hélicoptère. Le block-haus lui-même, couvert de graffitis, rompait avec l'harmonie du site. Avec sa splendeur étrangère aux marques de l'humain, une splendeur quasi mystique, me disais-je en suivant de plus près le tracé brut des traits noirs, les couleurs stridentes, explosives, les messages de cul (tracés en hautes lettres aussi agressives que fières d'elles, au contraire des honteuses pattes de mouche en noir ou en bleu des nombreux graffitis inscrits dans les toilettes de la bibliothèque Richelieu du temps d'avant la Bibliothèque nationale de France François-Mitterrand, laquelle est impossible à consteller de sournoises obscénités. L'obsession sexuelle s'égare dans la fatigue des longs trajets à pied que le lecteur studieux est sans cesse en train d'y effectuer). Le blockhaus peinturluré détonnait dans le paysage. Il rappelait les murs de banlieue, les immeubles voués à la destruction, les gares désaffectées et les wagons à l'abandon, et face à la violence de l'océan il proclamait celle de la société. J'ai fait le tour du blockhaus, et puis, à regarder plus loin, je me suis aperçue qu'il y en avait d'autres, dispersés le long des dunes. Des bouts de verre, débris de beuveries, restes de soirées agitées, jonchaient le sol. Quand j'ai voulu entrer dans le blockhaus, j'ai constaté qu'il était fermé. Muré! Durant mon enfance, les blockhaus dominaient encore l'étendue des plages et de l'océan. Rares étaient ceux qui dévalaient les pentes, et les écriteaux «Attention, chute de blockhaus» nous faisaient rire. Dans un paysage ignorant du Moyen Âge autant que d'une histoire de France racontée par les châteaux, ils étaient nos forteresses. Plus tard, à l'adolescence, les blockhaus servaient d'abris à nos ébauches sexuelles. Ces gestes inconnus, ces postures biscornues, ces jeux de langues, auxquels je m'essayais, tremblante de peur et d'excitation, prenaient une intensité particulière de s'exercer dans l'antre glauque de ces cabanes en béton. Le seul fait d'aller s'embrasser dans un blockhaus nimbait ces baisers d'une aura de film noir – ou de guerre, puisque les blockhaus échelonnés sur la côte atlantique par l'armée nazie en prévision d'un débarquement des forces alliées évoquaient la guerre de 1939-1945. Bien avant leur revêtement de graffitis, les blockhaus avaient représenté, dès leur origine, une déchirure dans un paysage intemporel de sable et d'herbes sèches. Par leur seule existence, même si, sur cette côte, ils n'avaient servi à rien et n'avaient correspondu qu'à une vaine attente, ils signifiaient la France occupée, l'intrusion brutale des combats, les tortures et déportations. Ils renvoyaient à l'histoire des hommes. Mais lorsque, à peine sortie de l'enfance, toute livrée au charivari de mes expériences érotiques, je fréquentais les blockhaus, je n'étais pas en priorité tournée vers des épisodes de guerre. De plus, Armand, mon père, le mieux placé pour en parler, ne disait mot sur le sujet. Sur celui-ci, comme sur le reste, il demeurait muet. Il ne lui arrivait jamais d'évoquer ses années de résistance à Lyon, ni même de nous confier quoi que ce fût qui m'aurait permis de faire coïncider l'époque de ses vingt ans avec la Seconde Guerre mondiale. Mon père à qui la guerre avait volé sa jeunesse et apporté, en dépit des apparences d'une victoire, une preuve supplémentaire à un sentiment intime de défaite, ou plutôt, peut-être, à celui de la vanité des combats. Mon père, muré, emmuré dans son blockhaus de silence.

J'ai fait attention à ne pas me taillader un gros orteil avec les morceaux de verre et je suis descendue sur la plage. La marée avait commencé de refluer. La plage ne cessait de grandir et, en bordure de l'eau, se formait tout un paysage mouvant de canaux, d'estuaires, d'îles en miniature. Il appelait des embarcations à sa taille. Je n'avais rien sur moi. Rien d'infiniment léger, qui flotte et dont je puisse sans dommage me séparer (la carte Vitale, les cartes bancaires flottent-elles bien ? Celles-ci, en tout cas, nous apprennent des panneaux publics sur les plages de la Méditerranée, sont à utiliser après une piqûre de méduse, pour, en grattant la peau, éliminer le venin !). Je ramassai une plume de goéland et la

regardai aller se perdre dans l'océan. J'ai repris ma
marche le long de l'eau. Je ne sentais pas la fatigue,
tant l'immensité de ces plages a un pouvoir aspirant.

Sous des formes étranges, plus ou moins chavirés,
enfouis dans le sable, rongés par le sel, des blockhaus
cassés, bossués, grotesquement modelés se multi-
pliaient à mon regard. Ils avaient perdu la superbe
du premier blockhaus, intact, sur le sommet de la

dune. Eux aussi tagués, ils n'évoquaient aucun combat. Pas plus ceux d'une guerre mondiale que ceux
des classes sociales. En fait, j'avais halluciné à tort
des entrepôts délabrés et des impasses de drogues.
Je n'étais ni à Chicago ni dans le Bronx ni dans certains quartiers Nord de Paris. Si leurs murs de béton
témoignaient de fêtes nocturnes, c'étaient plutôt de
fêtes d'août, sous les étoiles. Entre deux bains, on
met de la musique, on fait sauter les bouchons et

gicler les couleurs… On boit plus que de raison parce que l'été s'achève, que les amis se dispersent, et que rien ne prouve que notre flirt de vacances sera assez fort pour traverser la mauvaise saison. On écrit, réunis en un seul cœur, deux prénoms, le plus grand possible, tellement qu'ils en sont illisibles, et l'on a soudain l'intuition, tandis que l'aube se lève et s'étend dans un bruit de rires et de cris d'oiseaux, que c'est l'océan qui, de toute façon, trace les fresques, les métamorphose et les efface à son gré. L'océan ou la roue des saisons, on n'est plus à même de bien distinguer, mais ça donne un coup de cafard, soudain, très noir, comme les fêtes savent vous en procurer. Ce n'est pas la première fois, et puis l'alcool brouille la lucidité. Alors on s'obstine. Les cheveux dégoulinants, frissonnante, on repasse sur le tracé du cœur, on ajoute du violet, du rouge, du rose, d'énormes pétales, des ciels envahis de papillons jaunes, ça va mieux, on reprend un verre et l'on cherche des yeux, dissimulé par un pan de béton verdi par les algues, le corps désiré…

Comme dans un tableau de Watteau, les fêtes de la confusion des sentiments se sont évanouies, leur écho s'est tu, recouvert par la rumeur des vagues. Les blockhaus, édifiés par les Allemands pour guetter des navires de guerre, ressemblaient maintenant

à des monstres marins échoués sur le sable. Je me suis hâtée pour rejoindre le chemin de l'Horizon. La plage était déserte. Le petit garçon et sa mère n'étaient plus là. Ils avaient sans doute regagné leur maison ou leur hôtel, comme j'avais, moi aussi, envie de le faire.

Habiter en passant

La chambre est parfaitement mienne. Je n'ai pas eu
à m'y habituer. Je l'ai sentie « pour moi » dès que la
propriétaire de la Kamelia Lodge m'en a ouvert la
porte. Elle est vaste, encore agrandie par la terrasse,
l'ouverture sur les arbres et le jacuzzi. Les murs sont
nus, peints en blanc, avec un miroir d'un côté et un
panneau rouge de l'autre. J'ai trouvé dans la salle de
bains une tablette sur laquelle disposer mes trésors
du jour : deux pommes de pin, une verte au parfum de résine, une brune, épanouie, magnifique. Et
une vingtaine de coquillages, plus un os de seiche,
d'un blanc intact. J'ai un penchant pour les pommes
de pin, d'une sculpture si délicate, incomestibles,
considérées dans nos contrées comme sans valeur et
inutiles sauf pour allumer le feu qui va les consu-
mer. J'en ramasse un maximum à chaque fois que je

reviens sur le Bassin. Au moment de prendre le train pour Paris, je ne sais plus quoi en faire. Je les abandonne sous un banc dans un jardin public, ou je les aligne sur le quai, en retrait, puisqu'elles n'ont pas de places réservées dans le prochain TGV, ni dans le suivant, et que le tour de France d'une pomme de pin n'est pas pour demain.

J'aime leur silhouette d'arbres de Noël, mais trop petits et trop rigides pour, à l'occasion, leur servir d'ersatz – comme pour entrer dans une composition picturale. On compte peu de pommes de pin dans l'histoire de la peinture occidentale. Au contraire des huîtres, qui constituent depuis des siècles un motif favori. J'ai souvent des cartes postales avec moi lorsque je voyage. Celles que j'achète sur place à l'arrivée, en même temps que des fleurs ; celles que j'ai emportées dans mon bagage et dont les thèmes varient en fonction de ma destination ou de ma préférence du moment. J'en compose de mobiles expositions en chambre. Cette fois, les tableaux aux huîtres ont la part belle. *Le déjeuner d'huîtres* de Jean-François de Troy, du musée Condé dans le château de Chantilly (un déjeuner d'hommes, les huîtres ont la blancheur de leur jabot de dentelle), une *Nature morte avec un verre et des huîtres* de Jan Davidsz de Heem (lequel également l'auteur de *Nature morte au citron pelé* ou de *Nature morte avec des fruits et des huîtres* est un vrai maniaque, et virtuose, de l'huître), une *Nature morte avec huîtres* de Willem Claesz. Heda, un tableau de Matisse sur le même thème et, pourquoi pas – sa seule vue me met de bonne humeur : *Le gobeur d'oursins* de Picasso. Je suis riche d'une belle collection de cartes postales, de Venise, de New York, de peintures de Caspar David Friedrich, Pierre Bonnard, de paysages de Rembrandt, de petits patineurs allègres dans les plaines gelées du Nord. Et surtout, parce que les autres collections sont nées d'elle : tout un peuple de petites filles, peintes ou photographiées, chéries ou délaissées, favorisées ou trimant comme des esclaves, elles posent en chemise ou en crinoline, en jupette ou en tablier, avec leurs poupées, leur cerceau, leur luge, ou leur instrument de travail.

La plupart du temps, elles se déploient en farandole. Parfois aussi elles se rangent d'elles-mêmes autour d'une seule enfant, d'un seul visage : la *Fillette à l'oiseau mort*, découverte un jour de pluie au musée des Beaux-Arts de Bruxelles. La *Fillette à l'oiseau mort*, que je possède en plusieurs exemplaires, peut se faufiler dans des expositions où elle n'a rien à faire. Mais elle ne m'a pas accompagnée dans la Kamelia Lodge. La *Fillette à l'oiseau mort* ne se mêle pas aux natures mortes. Celles-ci ont des vertus apaisantes, une morale d'oraison funèbre, radicalement opposées à cet instant d'horreur en lequel elle s'est figée. Les crânes posés sur des nappes damassées n'appartiennent pas à son univers. Je me fais un thé et m'allonge sur le lit en plein cœur de l'exposition. Je peux d'un coup de genou l'envoyer valser. Je m'interroge : le peintre gobe-t-il les huîtres après les avoir fait poser, comme il a coutume de le faire avec les jeunes filles ? Sans doute, puisque le pouvoir aphrodisiaque de l'huître ne peut qu'accroître la virilité du maître... Et d'autres sortes de songeries qui vous adviennent dans une chambre d'hôtel, surtout quand, dehors, souffle le vent dans les pins. *Le déjeuner d'huîtres* s'est perdu entre draps et couverture ; tout en allant à sa recherche me revient la phrase : « Personne n'est heureux de l'ange jusqu'à l'huître. » Une affirmation proférée par Mme du Deffand, cette marquise à la parole sans réplique. Qu'en savait-elle, me dis-je, tandis que *Le déjeuner d'huîtres* refait surface ? Avait-elle des éléments pour juger du bonheur des autres, anges ou huîtres ? Dans la question des anges, je n'ai pas d'intérêt, mais celle des huîtres me touche. Si elles ne sont pas du tout heureuses, le Bassin, ses parcs ostréicoles se transforment en un élevage du malheur. Une idée intolérable. J'écarte la question des huîtres, c'est peut-être une phrase que la marquise a dite comme ça, pour

faire de l'esprit, et me rapproche de la personne, de la femme qu'elle était, son profil délicat, son teint diaphane. De tous les plaisirs, ceux de l'intelligence étaient ses préférés. Elle était tellement dans les mots, dans les roueries et surprises du langage, qu'au moment où elle perd la vue, âgée de cinquante-six ans, elle a la force d'écrire, ou plutôt de dicter, dans des lettres à ses correspondants, non en pleine sérénité mais sans une désolation totale, et parmi d'autres nouvelles : « Savez-vous, mon cher, je suis en train de devenir aveugle. » Avec son ami Voltaire, qui lui aussi souffre de problèmes d'yeux, elle plaisante sur leur fréquentation à tous deux de l'hôpital des Quinze-Vingts. Elle n'existera plus que par la parole, par l'esprit de conversation. J'aime penser à Mme du Deffand. Elle est pour moi, dans sa sécheresse, son humour, ses engouements, l'incarnation même du XVIIIe siècle, mon siècle d'élection, ennemi du pathos et de la morbidité, branché, quoi qu'il en coûte, sur une musique de Vivaldi ou de Mozart.

Marie de Vichy-Chamrond, marquise du Deffand, est l'anti-hystérie par excellence. L'anti-XIXe siècle. Le contraire de la femme selon Jules Michelet. La femme, c'est-à-dire l'épouse et mère. Surtout pas l'intellectuelle. D'ailleurs, comment une femme pourrait-elle passer des examens avec son handicap des règles qui *régulièrement* l'anéantit ? Lui-même pendant les menstruations de sa deuxième épouse, la jeune Athénaïs, de trente ans sa cadette, la sert, la soigne. Il est tout dévotion pour ce petit être à la blessure sanglante. Il redevient chaque mois son infirmier transi d'amour ! L'éducation réservée à la femme, en accord avec sa nature maladive, doit achever de la convaincre de s'en tenir au cercle restreint de l'entourage familial. « Il faut qu'elle ait un ménage, il faut qu'elle soit mariée », martèle Michelet. Ça ne se discute pas. Proposez un jouet à une petite fille, « elle choisira certainement des miniatures d'ustensiles de cuisine et de ménage. C'est un instinct naturel, le pressentiment d'un devoir que la femme aura à remplir. La femme doit nourrir l'homme ». Si, dans un élan contre nature, elle piétine ce pour quoi elle est née, alors c'est la porte ouverte à toutes les aberrations. La femme va se mettre à étudier, passer des examens, prendre un métier, ouvrir un compte en banque, faire de la boxe, de l'alpinisme, du football, choisir son époux, choisir de ne pas en avoir, tomber amoureuse d'autres femmes, de la couleur bleue, du reflet de la lune, devenir vigneronne, chef étoilé, chef d'orchestre ou d'État, philosophe, acrobate, choisir d'avoir des enfants, choisir de ne pas en avoir, apprendre à faire des claquettes et à danser le tango. Elle va multiplier les rencontres dans le monde entier, aller à l'hôtel et, au lieu de s'y terrer comme une belette traquée, jouir aussi bien des gestes d'installation que de la légèreté du départ.

À l'arrivée, il y a un plaisir à découvrir la chambre, à se l'approprier, à s'assurer que chaque chose va trouver sa place et que les livres sur la table de nuit, une rose, un jeu d'images redistribuées comme un jeu de cartes vont suffire à faire d'un simple numéro une habitation pour toujours. L'appropriation ne s'effectue que sur fond de sympathie immédiate. Une chambre d'hôtel hostile le reste. Elle vous éjecte vite fait. Par exemple, au Washington Square Hotel dans Manhattan j'entre et crois entrer dans une chambre sans fenêtre. Je cours me plaindre à la réception. Une dame monte avec moi, me désigne du doigt la fenêtre. D'accord. Je n'ai pas de raison de déménager, mais ça ne change rien au fait que cette chambre me veut du mal. Cela peut aller loin de leur part. Comme ma première nuit à Mexico que je passe, Hôtel Prince, dans une chambre dont un des tableaux est souillé de traces de sang. Ce sont là des exceptions; normalement les chambres d'hôtel me sont favorables.

Et c'est heureux, car le voyage a le don de me procurer des emballements d'imagination qui tous portent sur des visions adorables de la vie sédentaire. Après quelques jours dans un pays, dans une ville jusqu'alors inconnus, je repère le quartier, le café, la librairie, le marché, où, j'en suis sûre, je vais m'empresser de retourner, je souligne les trajets que je me délecte à l'avance de répéter. J'accumule les adresses de restaurants, de magasins, je recopie des noms, des numéros de téléphone, prends des notes, et couvre des pages de mon carnet de collages de toutes sortes. À l'aune de ce projet d'une installation définitive, tout compte, aucun détail ne doit être négligé. Jamais ne m'effleure la pensée : Pas grave, je ne fais que passer. Comme les gens qui tombent amoureux à chaque nouvelle rencontre, je crois à l'endroit où je viens d'arriver, à la chambre dont on vient de me confier la clef. Ils ont annulé les précédents. Je m'en déprendrai avec la même facilité. Je rangerai livres et vêtements, bouclerai l'exposition, effacerai mon désordre, épanoui dans la pièce selon un effet de génération spontanée. Je referai mon bagage et rendrai la clef.

C'est peut-être cette double vue de la voyageuse qui semble incompréhensible – qu'elle chérisse les émotions du commencement, qu'elle les éprouve à chaque fois tel un absolu dans la conviction d'un ancrage fixe, tout en se réservant en quelque zone flottante d'elle-même le projet de repartir. Double vue, double vie (au moins), forme de duplicité, qui fait peur au désir masculin d'une femme à racines et prolongements.

La voyageuse échappe. Par ses penchants nomades, bien sûr ; mais aussi, plus secrètement, par son goût pour les habitations du moment, les demeures imaginaires, les revêtements de fantaisie dont elle tapisse les chambres d'hôtel, les cabanes invisibles qu'elle s'y construit. J'ai pu m'enticher de toutes sortes d'hôtels, des plus rudimentaires aux plus luxueux, mais je garde un souvenir spécial d'un hôtel dans une petite ville d'Algérie ; en fait, nous ne savions pas exactement où nous étions, mon amie Sandra et moi (un Américain qui se rendait à Tripoli nous avait prises en auto-stop à Gibraltar pour nous laisser à la sortie de Fès. Il nous avait retrouvées sur une route déserte près d'un minuscule poste frontière entre le Maroc et l'Algérie et nous avait acceptées à nouveau). L'hôtel n'était pas fini d'être construit. Ce que nous avions pris pour une terrasse était une pièce sans murs ni plafond. La chambre n'existait que par le bleu du ciel…

Au cours d'un autre voyage, non plus en Afrique du Nord, mais au Pérou, à Cuzco, nous dormons dans la seule chambre habitable, vide, deux lits de camp, le sol de ciment ; pour la « meubler », nous étalons nos ponchos, écharpes en laines de lama, robes brodées de fleurs éclatantes, et nos poupées Chancay nées de rites funéraires, nos poupées aux grands yeux d'effroi, faites d'un assemblage de tissus brûlés par le temps et de galons multicolores identiques à ceux que nous avions cousus au bas de nos jeans. Le lendemain, nous montons à pied à Machu Picchu. Le *soroche*, le mal d'altitude me rend vague et nauséeuse. Mon cœur bat trop vite. Je m'assois contre un mur du Temple du Soleil et n'en bouge plus. Je m'absorbe dans la contemplation de tiges d'herbes entre des blocs de pierre monumentaux. Je guette le condor. La nuit venue, en l'absence d'hôtel, un gardien nous laisse dormir dans l'unique bâtiment de la cité fantôme : une infirmerie. Nous dormons sans rêves sous notre couverture rêche. Pour les rêves, et pour cette fois, nous nous en remettons aux milliers d'âmes des Indiens incas en train d'errer dans les ruelles, les palais déshabités et les autels sacrés de leur ancienne ville impériale.

Celles qui s'inventent un foyer le temps d'une excursion et vont chercher l'inconnu jusque sur des sommets où l'air se raréfie tandis que les esprits rôdent, surtout ne pas leur faire confiance ! Se méfier des voyageuses au moins autant que des salonnières, elles seraient bien capables de traiter les hommes comme elles en agissent avec les chambres d'hôtel, se disent les continuateurs de Michelet. Ils sévissent sur tous les continents. Et ils sont légion, des armées en ordre de combat.

Le vent a faibli. J'ouvre la porte-fenêtre, le bruit de l'océan reprend aussitôt possession de l'espace. Des moineaux viennent boire sur la terrasse.

Marcher dans les rues du Cap Ferret donne l'impression de continuer de se promener dans la forêt. Les tapis d'aiguilles de pin sur les bas côtés festonnent des rebords irréguliers. Ils finiront par gagner sur la chaussée, comme les bancs de sable des passes sur le va-et-vient des courants et les vagues du ressac sur les fondations des maisons.

J'admire « l'aiguille bifide des pins », selon l'expression de Colette, géniale nommeuse de toute chose. J'en ramasse une pour l'utiliser en marque-page.

Comme je suis en avance à mon rendez-vous Chez Hortense je vais faire un tour à la Pointe. J'ai une pensée pour J.-B. Pontalis, grand amoureux du Cap Ferret. Il a adoré y passer ses étés, y nager, et cela jusqu'à l'âge de presque quatre-vingt-dix ans. Et il a célébré, précisément, cette langue de terre étroite sur laquelle je chemine : La Pointe. « D'un côté le calme du Bassin – ses voiliers, ses parcs à huîtres – de l'autre, la violence des vagues de l'océan. Tout au bout, la Pointe, les deux se rejoignaient, semblant se réconcilier. Paix du soir. » J'entends ces phrases avec à l'oreille la voix très basse, à peine audible de

J.-B. Pontalis, une voix où se conjuguaient, mêlées aux échos lointain de sa tristesse d'orphelin, vieillesse et pratique de la psychanalyse. Une voix qui parfois résonnait en vous comme de l'intérieur.

Chez Hortense, où j'ai rejoint mes amis, rien n'a changé, les photos de voiliers, de pinasses, du travail dans les parcs à huîtres, les nappes à carreaux. Bernadette Lescaret, son sourire, sa pochette en bandoulière, ses espadrilles, nous accueille. Je revois, à travers elle, Zaza, sa mère, la fille d'Hortense, la fondatrice du restaurant, juste après la guerre, en

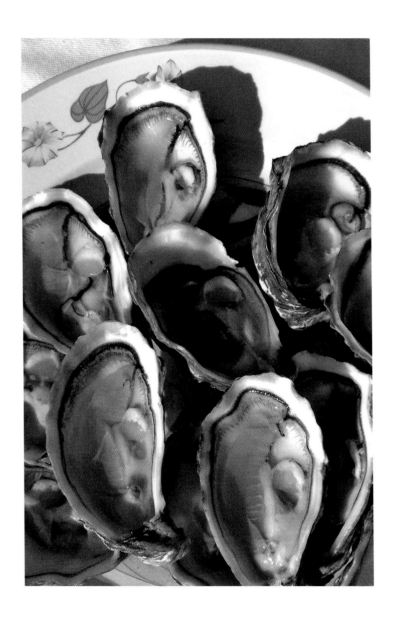

1918. Tout est là. Chez Hortense est resté longtemps pour moi le seul restaurant et le plus beau du monde. Souvent, avec mes parents, nous nous contentions de le longer en bateau. Je lui faisais bonjour de la main. Et il me souriait de toutes ses fenêtres et ses tourelles de plateaux de fruits de mer.

Doublé d'une véranda, le restaurant s'est agrandi, mais comme moi aussi j'ai grandi, le principe de l'élasticité du monde, triomphant sur le Bassin, est respecté.

Au-dehors, les vagues battent contre le sable. Sapent toute prétention de construction durable. Tout monument pour l'éternité. La salle, dans son éclairage doré, est notre cabane d'un soir, notre bulle protectrice. Nous dégustons nos huîtres et buvons un Château Graville-Lacoste. S'il faisait encore jour on pourrait voir les parcs où elles ont été cultivées. Elles sont douces et charnues, et condensent, sous leur manteau à franges, l'essentielle senteur du Bassin. Au début nous causons peu, absorbés par les nuances de la dégustation. Et puis la conversation se débride. Nous parlons dans tous les sens, chacun dans son style, nous inventons des formules pour résumer nos sensations de la journée. L'ivresse des mots, l'ivresse du vin se relancent l'une l'autre. Et quand nous nous levons de table pour retrouver le goût iodé de la nuit, je suis convaincue que tout le monde est heureux, de l'ange jusqu'à l'huître, et que Mme du Deffand, si elle a pu faire erreur sur les sentiments de l'huître, avait bien raison de défendre l'amitié comme une passion à part entière.

C'est un plaisir de traverser le jardin de l'hôtel, de pénétrer en catimini dans la grande maison vide d'autres voyageurs. Le calme du Bassin d'un côté, la violence des vagues de l'océan, de l'autre, au bout, la Pointe, où les deux se rejoignent et semblent se réconcilier... Tout en ajoutant trois coquillages et une pomme de pin à ma collection, je fredonne cette musique d'harmonie. Le calme d'un côté, la violence de l'autre. Une coexistence périlleuse mais à laquelle j'ai été naturellement confrontée.

J'ai, comme souvent dans mon bagage, un volume de Marcel Proust. Si le thème obsessionnel d'*À la recherche du temps perdu*, une conception de l'amour identique au leitmotiv de la jalousie et de la possession impossible, m'est étranger, l'arborescence de la phrase proustienne, sa trajectoire délicieusement tortueuse, sur le modèle d'un labyrinthe dans lequel on voudrait indéfiniment errer, produit en moi, à peine les premiers mots retrouvés, un déclic de bonheur.

J'ai ajouté en marque-page au ruban de l'édition
Pléiade l'aiguille bifide du pin et lu quelques pages
avant de m'endormir. Il y a une magie dans les
phrases qui précèdent le sommeil. Elles sont comme
déjà prises dans l'attraction du langage des rêves,
alors les derniers mots de notre lecture, qui sont aussi
la formule de notre entrée dans la nuit, laissent passer
mille sons inconnus. Si ténus qu'ils ne se distinguent
pas de l'hallucination. Fermant les yeux, j'entends
aussi précisément la puissante rumeur de l'océan que
le son étouffé d'une pomme de pin chutant sur le
sable, le frôlement d'une traînée de varech poussée
par le vent, ou, à peine plus insistant, le glissement
d'un blockhaus en descente vers les grands fonds.

Ce matin, sur la jetée de Bélisaire, en attente de
la pinasse qui doit me conduire à Arcachon, je
contemple au loin, en voyageuse, avec ce mélange
d'intérêt et de détachement qui lui sont propres,
l'étrange clarté de la dune du Pilat aux premières
heures du jour. La prendrai-je en photo ? Pendant ces
trois jours, je n'ai pas arrêté de prendre des photos,
comme les touristes pressés qui photographient pour
s'éviter de regarder et d'avoir plus tard à se rappeler.
Genêts, mimosas, ajoncs, toute une déclinaison de
jaunes, glycines et griffes de sorcière, fonds d'algues

vertes, empreintes de pattes d'oiseaux sur le sable, dessins de fleurs à leur façon. Mais comme mon regard, se détournant du rivage du Pilat, rencontre la surface de l'eau entre les piquets, j'ai soudain les larmes aux yeux. S'abolit d'un coup l'écran de mon détachement. À travers mes larmes, la dune perd ses contours, sa blancheur se brouille.

Il est dit du poète et moine bouddhiste Kobayashi Issa que ses derniers mots furent « Tout bouge ». Je les entends à mon tour, non pas comme un constat final, un ultime soupir avant de disparaître, mais comme ma perception originale du monde, ce que j'ai vu, bien en deçà de toute réminiscence possible et qui m'attachait, dissous dans le flot irrégulier des vagues, à l'envie de vivre. L'insaisissable m'a donné la clef de la beauté du monde.

Je suis descendue dans la pinasse avec ma valise, un bagage incongru. Normalement, on saute dans le bateau un panier ou un sac de plage à la main. De l'extérieur, j'étais toujours la voyageuse, mais à l'intérieur, dans le tissage sans cesse repris des images et des émotions, des voix disparues, des injonctions obscures, je ne faisais que traverser le Bassin pour rentrer chez moi.

Ambassadrices de sauvetage

À l'arrivée, j'ai quitté la jetée Thiers pour me promener le long de la mer. La plage est vide à l'exception d'un Africain qui, après avoir sculpté avec du sable plusieurs animaux de la jungle, un lion, une gazelle, modèle un zèbre. Il y a aussi, tout près, une grand-mère avec deux petites filles. L'une ne fait rien : les jambes enfouies dans le sable jusqu'à mi-mollet, immobile et immobilisée, elle a un air d'intense concentration sur une question ou une histoire d'elle seule connue. L'autre s'active, son seau à la main, entre la mer et un grand trou qu'elle vient de creuser. Me vient à l'esprit le tableau de Botticelli sur Augustin d'Hippone, saint Augustin, né dans la « province d'Afrique » sous domination romaine, actuellement l'Algérie. On y voit l'évêque d'Hippone sur une plage. Il est en train de méditer le mystère de la sainte Trinité, quand ses pas s'arrêtent en bordure d'un trou. Un petit garçon s'affaire, une cuillère à la main.

— Que fais-tu mon enfant ? demande le saint (sur un ton patelin qui dissimule son irritation à l'idée du gadin que ce foutu marmot a failli lui faire prendre).

— Avec ma cuillère, monsieur…

— Monseigneur, si tu n'y vois pas d'inconvénient.

— Avec ma cuillère, Monseigneur, je vide l'océan dans ce trou que j'ai creusé dans le sable.

— Mais, mon enfant, c'est ridicule ! Tu n'y arriveras jamais ! Ta cuillère est trop petite et l'océan trop vaste.

— Peut-être, Monseigneur. Mais je pense que j'aurai terminé avant que vous n'ayez seulement commencé de comprendre la sainte Trinité. Le cerveau est si petit et ce mystère si vaste !

Et le petit garçon de continuer de transférer l'eau, tandis que saint Augustin s'éloigne en reprenant à zéro l'épineux mystère de trois personnes en une.

Lorsque je passe à nouveau sur le boulevard dans l'après-midi, les petites filles poursuivent leurs activités disparates sous la bienveillance de leur grand-mère et la protection des animaux venus d'Afrique. Disparates ? Au regard des non-initiés seulement. En réalité, elles n'ont pas à se dire tout haut ce qu'elles font. Comme nous l'étions, Lucile, mon inséparable, et moi-même, elles sont reliées par un flux continu de communications, un courant invisible, un réseau d'intelligences réciproques – et de pouvoirs. Dont celui de vider un océan à la petite cuillère...

La nuit est tombée depuis un moment. Mais j'ai tout le temps pour rentrer dormir à mon hôtel. Je ne suis pas pressée. À Arcachon, j'ai une impression de bizarrerie quand, en remplissant ma fiche d'hôtel, j'inscris mon adresse à Paris, au lieu de donner celle de ma maison ici. Arcachon est l'unique endroit où les chambres d'hôtel ne deviennent jamais miennes. Mais quand j'ai voulu changer de registre et louer un appartement, cela m'a complètement perturbée. Je l'avais choisi près de mon ancienne plage de la Pêcherie, dans le quartier de l'église Saint-Ferdinand. Cet appartement jouxtait presque le presbytère. De me retrouver avec une clef en poche mais pour un logement qui m'était étranger et dans ces rues que j'avais parcourues tant de fois pour aller au catéchisme ou à la messe me troublait. Et lorsque j'avais lu dans l'église à la suite des noms de prêtres de Saint-Ferdinand celui du curé de mon enfance : le père Henri Colombet (1889-1970), cinquième curé de la paroisse, mon malaise s'était accentué. Le père Colombet, qui s'était exclamé, alors que nous nous croisions à bicyclette sur le rond-point du monument aux morts portant l'inscription : «Arcachon, À ses enfants» (il vaquait à ses œuvres, soutane au vent; j'allais au lycée, des collants rouges sous ma jupe retroussée) : «Vous avez les jambes du diable, Chantal!» Il m'avait crié cela avec gaieté, car il était une personne de bonté. Sa remarque ne m'avait pas offusquée. Je l'avais prise comme un encouragement à pédaler avec la même énergie pour fuir tout monument aux morts. Sa remarque aujourd'hui ne me paraît pas entièrement innocente : «Vous avez les jambes du diable!» était peut-être un cri de son corps, qu'il était le premier surpris de s'entendre émettre.

J'ai été triste de lire son nom sur ce panneau dédié aux prêtres défunts de la paroisse. Je suis allée revoir le confessionnal, cadre d'un sacrement qui me mettait dans tous mes états. Pousser le rideau, entrer dans le placard, m'agenouiller, attendre pour chuchoter mes péchés, sortir, le feu aux joues et les genoux endoloris à cause de l'inconfort du dispositif. «C'est fait exprès, plaisantait Eugénie, ma grand-mère, une personne foncièrement incrédule et même antireligieuse, il n'y a pas moyen de trouver la bonne position dans un confessionnal.» J'aurais pu lui citer l'exemple du compositeur Hector Berlioz qui pendant son séjour à Rome avait coutume de s'installer dans un confessionnal pour y lire lord Byron. Elle n'aurait pas été impressionnée. Eugénie se rappelait la première fois qu'elle s'était confessée : étonnée d'entendre le prêtre causer mais pas à elle et que la paroi qui la séparait de lui soit fermée, elle avait détaché une de ses épingles à cheveux et s'était mise à la coincer dans un croisillon de bois pour l'ouvrir (une attente perplexe qui contraste avec la bonne suite des séquences lorsque le jeune François Mauriac se confesse : «Il [le prêtre] lisait son bréviaire, assis près du confessionnal. Il continua de lire quelques instants puis il me demanda si j'étais prêt, entra dans la niche, décrocha l'étole. J'entendis glisser la planchette et vis son énorme oreille ». Je l'imaginais très bien, Eugénie Forget, à peu près contemporaine de François Mauriac, perdue dans le pensionnat de sa détestation, une écolière en long tablier noir et bottines, trop grande pour son âge, fluette, et à l'épaisse chevelure. Pour, en pensée, lui faire plaisir, je me suis éloignée du confessionnal et de ses miasmes de culpabilité. Dehors, soulagée de respirer à nouveau un air innocent, j'ai noté dans mon carnet des noms de villas et les fleurs qui poussaient dans leur jardin, et, tout en marchant au hasard, suis tombée sur une poissonnerie extraordinaire, la poissonnerie de l'Aiguillon. Une fastueuse dédicace au grand passé d'Arcachon comme port de pêche, à ce temps où des chalutiers allaient pêcher jusqu'à Terre-Neuve. Le brillant, la variété de tous ces poissons m'avaient donné un appétit de diable. J'avais envie de tout. Je me suis contentée d'un crabe aux pinces impressionnantes.

Le crabe était posé sur l'assiette, vaincu mais digne. Une prise remarquable, quoique honteusement facile de ma part. Je le considérai avec respect, et sûre de

mon fait. Mais quand j'ai cherché un casse-noix, ou
son équivalent, bernique! Le crabe d'un beau rouge
sombre, solidement défendu de sa carapace-armure,
les deux points noirs de ses yeux rivés au néant, trô-
nait. L'espace vide autour de lui m'apparut aussi
infranchissable que la Cité interdite.

Je suis sortie dans la nuit. Les rues alentour,
désertes, m'ont fait un effet sinistre. Mais, aussitôt
la plage atteinte, je me suis sentie non seulement à
l'aise mais certaine de trouver sans problème l'instrument manquant. Le ciel était voilé, sans étoiles
visibles. C'est de la blancheur du sable, en contraste
avec le noir laqué de l'eau, que naissait une lumi-
nosité. J'avançais dans cette lumière, la lumière du
sable, et je scrutais le sol dans l'espoir d'y découvrir
le parfait caillou casse-crabe. «Note bien qu'une
plage de sable ne saurait être riche en galets», la
phrase tournait en vrille dans ma tête, elle ne m'em-
pêchait pas de persévérer. Ce but, trouver une pierre
pour enfin savourer mon dîner de crabe, s'imposait
à moi avec la force d'une nécessité. Il était près de
23 heures, j'avais ratissé du regard une bonne portion de la plage. La raison me dictait de m'arrêter.
OK, la Raison, mais où veux-tu que j'aille dîner,
à cette heure et hors saison? En réalité, je n'avais
pas l'intention de m'arrêter. J'essayais seulement

de l'emberlificoter. J'avais commencé, je devais continuer. C'était compulsif. Alors qu'il est rare que je ressente l'urgence de faire quoi que ce soit, lorsque cela m'arrive, c'est en général du domaine de l'absurde. Parcourir une plage de sable à la recherche d'un casse-crabe ; ou bien, me lancer dans des travaux de couture à l'instant de prendre un vol, comme cela s'était produit un matin d'hiver à l'aéroport de Roissy, d'où je devais partir faire des conférences à Saint-Pétersbourg. J'étais arrivée vêtue d'un anorak déchiré avec, dans mon sac à main, la trousse à couture héritée de ma mère. Je m'étais calée dans un fauteuil. Indifférente aux tableaux des départs que normalement je ne me lasse pas de contempler et insensible à l'heure de mon vol et aux informations claironnées par la voix de haut-parleurs, je cousais. Je me perçais le bout des doigts sur des aiguilles trop fines. Elles dérapaient sur le tissu imperméable. Mais je *devais* ravauder cette manche. Pas moyen de faire autrement. Quelqu'un a surgi et m'a entraînée vers la porte d'embarquement. J'avais encore la trousse à couture à la main et j'étais accoutrée de l'anorak qui, par sa déchirure, perdait des plumes, telle une substance neigeuse annonciatrice de l'hiver russe.

Sur la plage de la Pêcherie, où, autrefois, effacées au fil des saisons, des milliers de mes empreintes de pas s'étaient superposées, j'ai fini par renoncer (alors que j'avais continué durant le vol vers Saint-Pétersbourg à vouloir recoudre la déchirure de cet anorak de ski, lequel, même s'il avait été neuf, n'était pas le vêtement approprié). J'ai jeté un dernier coup d'œil sur cette plage si longtemps comme un prolongement de moi-même. Il ne restait rien de la jetée rouillée. Elle avait été supprimée. Les ruines ont mauvaise mine aux yeux des vacanciers. Elle, qui avait cru pouvoir nous enseigner à nous, les enfants de l'instant, par son seul aspect délabré la puissance destructrice du Temps, avait été sapée en pleine démonstration, au lieu de pouvoir paisiblement s'effondrer, rouillée jusqu'à la moelle. Je repérai quelques moignons métalliques enfouis dans le sol, traces de ses anciennes colonnes. Ce n'était pas avec ça que je fabriquerais un maillet casse-crabe. Je décidai de regagner l'appartement et de me coucher sans dîner. Or, là, au pied d'un réverbère, en face d'une entrée latérale de l'église, m'attendait *la* pierre. Je me suis précipitée dans l'appartement. J'ai brisé le crabe juste ce qu'il fallait (en même temps que l'assiette). L'entre-deux-mers, bien froid, était à la bonne température. Je dégustai avec lenteur la chair si délicate, d'une blancheur nacrée. Un pur délice...

Ce soir, sur la plage Thiers, personne ne déambule comme l'agitée que j'étais, il y a quelques années, sur la plage de la Pêcherie. Calme complet. À côté de ses animaux de sable, le sculpteur, peut-être bercé ou hanté par des visions de son Bénin natal, dort dans une petite tente verte, sa résidence d'artiste. Je me penche sur la ménagerie, elle aussi endormie. Un carton fiché dans le sable indique le nom de l'artiste : Pascal Thomas. Il a posé une couverture au sol, sur laquelle, si on le souhaite, on peut jeter de l'argent. Je jette des sous, une pièce heurte quelque chose de dur et fait un frêle tintement. J'ai un élan de tendresse pour lui et de la reconnaissance pour ses efforts à faire exister en sable, cette matière si volatile, ses animaux d'Afrique. Nous l'aurions adoré, Lucile et moi, si nous l'avions rencontré dans notre enfance, lorsque nous pratiquions avec ardeur, et à notre mesure, la sculpture de sable. Aucune créature de la jungle, peu de châteaux, presque uniquement des poissons et des femmes : nos Dames de Sable (étudier la musculature n'entrait pas dans nos intérêts). Comme l'Africain, ou comme nos grands-mères avec de la poudre de riz, nous utilisions des poudres de couleur pour les embellir, en plus des coquillages dont nous les ornions. L'éphémère était notre lot. L'éphémère et non la poussière. Et j'ai été choquée à la lecture d'*Anneaux de Saturne*, ou d'autres textes de W. G. Sebald, par la manière dont il associe sable et poussière, sable et dévastation. Et dote celui ou celle obligé de s'affronter à cet élément, à ce mouvement d'un inéluctable recouvrement, d'un sentiment d'impuissance. Le sable devient le conducteur de la mélancolie, un auxiliaire de l'œuvre de Mort. J'étais meurtrie de voir cette matière si belle, et douce, noble, dorée, confondue avec un suaire. W. G. Sebald a le sable triste, me disais-je en continuant de tourner les pages d'*Anneaux de Saturne*, car c'est, dans son éclairage de fin du monde (une fin déjà advenue et qui ne cesse de se répéter), un livre magnifique. Le voyage à pied du narrateur, un professeur d'université, le long des plages de l'est de l'Angleterre, dans le comté de Suffolk, culmine et manque de s'achever dans une tempête de sable : « Je m'accroupis derrière un rempart de racines entassées et vis comment, depuis l'horizon, la corde lentement se serrait. C'est en vain que je cherchai à distinguer dans la confusion grandissante telle ou telle forme qui, un instant auparavant encore, se présentait dans mon champ de vision. L'espace autour de moi se rétrécissait d'une seconde à l'autre. Il ne subsista bientôt plus la moindre ligne, le moindre relief, même à proximité immédiate. La poussière farineuse coulait de gauche à droite, de droite à gauche, dans tous les sens à la fois […]. Lorsque la tempête se calma, les vagues de sable amoncelées par le vent sur les arbres couchés émergèrent lentement de l'obscurité. À bout de souffle et le gosier desséché, je rampai hors de la cuvette qui s'était formée autour de moi, unique survivant, ainsi pensai-je, d'une caravane engloutie par le désert. »

Sable et poussière, sable et ensevelissement pour le narrateur, arpenteur de ruines, se confondent.

Nous, les enfants, nous qui n'avions aucun sens de la ruine, nous avions le sable radieux. Nous pouvions marcher en nous enfonçant, reculer de plus de pas que nous avions cru progresser, tomber, rouler, en prendre dans les oreilles et dans les yeux, en recracher, ça nous faisait rire.

Monter la dune du Pilat aurait pu nous occuper toute une journée. Et après ? Existait-il quelque chose de mieux à nous proposer ? Il n'y avait pas de limite à la Grande Dune, et pas davantage à l'été.

Nous aimions le sable. Nous sculptions le sable, parce qu'il ne nous opposait pas de résistance, se modelait selon nos caprices, parce que, lisse et miroitant, il réapparaissait intact chaque matin, et que l'usure sur lui comme sur nous n'avait pas de prise.

Ce matin, dans le hall de l'hôtel parfumé d'une bonne odeur de café, une petite fille joue au jeu des 7 familles avec sa grand-mère. Celle-ci est une femme coquette, boucles d'oreilles, bracelet, chignon élaboré, maquillage parfait malgré l'heure matinale, et son smartphone à portée de main. Elle joue avec un minimum de conviction (il y a des valises autour d'elles. La grand-mère a dû penser aux cartes pour occuper l'enfant en attendant qu'on vienne les chercher en voiture), et cela crispe la petite fille : « Dans la famille Lion, le bébé, Mamie ! – Quoi ? répond la dame, la tête ailleurs. – Je demande le bébé Lion », répète la petite fille. Elle est agacée et moi de même. J'ai envie de lui dire : Laisse tomber. Si tu veux un bébé lion, demande au Sculpteur de sable. Fais appel à Thomas l'Africain. Il t'en fera un magnifique, et lui, il y mettra son cœur. Les animaux sur les cartes sont un peu mièvres. Ils n'ont pas l'air méchants. Des familles respectables. Il y a même des bébés. Ce n'était pas le cas dans mon jeu des 7 familles. Non, pas de bébés chez ces gens-là. C'étaient des familles de travailleurs, nommées d'après leur métier, et chaque membre travaillait dur. Fils et filles compris. Les Dubifteck, les Lebouif, les Ramona, les Boudingras, les Courtepaille, les Potard et, les plus beaux, les Lavinasse. Avec la mère un brin éméchée, le père derrière son comptoir qui, déjà bien rincé, le teint sale et l'œil mauvais, attendait le client. Le fils Potard n'avait pas intérêt à se pointer, et encore moins la fille Boudingras, pleine d'allant, pimpante, enroulée dans un chapelet de cochonnailles, version charcutière d'une Tahitienne fleurie de pétales d'hibiscus. « Je demande *toute* la famille Lavinasse ! » Un peu

de patience, disait Félix. Ça se mérite une famille,
même les Lavinasse.

« Le bébé Lion, Mamie », implore la petite fille sur
le canapé.

Nous aimions le sable et il nous aimait. Ça nous
amusait autant de le modeler que de nous modeler
sur sa mouvance. Il fallait savoir s'adapter en fonction des agrandissements et rétrécissements dus aux
alternances de la marée. Celle-ci amenant parfois,
aux grandes marées, une complète suppression de la
plage. Mais dans le temps de l'été et des jeux, il n'y
avait pas à craindre ces débordements. Il subsistait
toujours une bande de sable sur laquelle se réfugier
et c'était amusant de voir les familles se coller les
unes aux autres et les gens les plus précautionneux
poser par mégarde leurs affaires sur la serviette de
quelqu'un d'autre. Une promiscuité forcée que nous
convertissions en un jeu, Lucile et moi : ces plagistes
serrés comme des sardines étaient les réfugiés d'un
naufrage, ils avaient échoué, et nous avec eux, sur
une île régentée par un affreux individu décidé à
nous anéantir. Toutefois il y avait matière à parle-
menter, et c'était à nous, « Ambassadrices de sauvetage », qu'il incombait la tâche de discuter cas par
cas l'avenir de ces malheureux parqués sur leur ser-

viette. Le contraste était drôle entre leur air placide (ou résigné ou simplement imbécile) et les débats enflammés que nous menions à leur sujet et dont nous seules étions conscientes. Mais le lendemain, au retour de la marée basse, ils avaient repris l'assurance du quant-à-soi. Chacun bien attentif à ne pas empiéter sur la portion d'espace du voisin et à ne pas s'immiscer dans sa pratique personnelle du farniente. Nous les abandonnions à leur naufrage.

Ouvrez vos cahiers à la première plage

Ainsi lancées, nous perdions les repères. Nous voguions dans la bulle de notre imaginaire, et, puisque sur le sable tout s'efface, l'inconséquence était notre ligne de conduite. Elle n'encourage pas à compter les jours. La fin des vacances nous prenait au dépourvu. Pour moi qui habitais Arcachon, il n'y avait pas de butées fixes à mes jeux de bord de mer. Toutes les saisons s'y prêtaient. Mais pour Lucile, son séjour s'alignait sur les dates de ses parents, et rien n'aurait pu modifier leur calendrier. Ce serait faux de dire qu'ils ne nous donnaient pas des avertissements à l'approche du couperet, mais nous refusions d'en tenir compte. On ne peut pas vivre dans deux temps à la fois. Le nôtre, le temps des petites personnes (celui de l'instant ébloui), ouvrait sur l'éternité; le leur, le temps des grandes personnes (celui de la planification), s'enferrait. Ce pourquoi il leur arrivait si souvent de consulter leur montre, juste pour savoir où elles en étaient. Nous ne doutions pas de la supériorité de notre point de vue, mais nos certitudes n'avaient pas de poids. C'est très jeune que l'on subit les effets de cette vérité hélas trop bien établie, à savoir que force et médiocrité font bon ménage.

Nous pouvions nous trouver au milieu d'une activité majeure, par exemple la réalisation d'une Dame de Sable, il fallait l'abandonner en son état. Son crâne était déjà lisse et bien formé (une perruque de varech séché attendait d'être posée), son front bombé, ses orbites s'étaient éclairées de deux coquilles de nacre réfléchissant la lumière, mais son buste n'avait pas de forme et le reste du corps appartenait encore à la plage… Tant pis, c'était trop tard pour aujourd'hui – et pour demain, puisque demain, comment, tu l'as oublié ? demain à cette même heure, nous serons dans le train. Eh oui, ne fais pas cette tête, toutes les bonnes choses ont une fin (proverbe que je détestais au moins autant que « Faire et défaire, c'est toujours travailler », cher à ma tante Élodie, ou encore « Faire ça ou peigner la girafe… »).

Lucile ouvre la main et laisse s'éparpiller au sol les coquilles de coques patiemment ramassées pour en orner l'habit de la Dame de Sable. Nous ne bougeons pas. Nous ne disons rien. Je sens mon cœur battre à tout rompre. J'ai envie de courir en sens inverse. De m'enfuir en direction de la mer, surface calme et bleutée que la marée basse fait se retirer de plus en plus loin. Je jette un regard vers la splendide étendue de sable mouillé, vibrante d'une vie cachée, dont nous n'avons fait qu'effleurer la richesse. Quel gâchis ! me dis-je, avant de voir que Lucile est déjà habillée et que, même, elle a mis ses chaussures, geste en général indicatif d'un point de non-retour. Alors je me penche sur la Dame de Sable, détache les deux coquillages de ses yeux, en garde un pour moi et vais remettre l'autre à Lucile.

« Allez, on se dépêche », nous houspille sa mère. Et, croyant nous apporter consolation, elle ajoute : « C'est vite passé une année ! » La main refermée sur le gage de nacre, nous continuons de nous taire, mais le pire du désarroi est passé. Il nous suffira de penser très fort l'une à l'autre en tenant au creux de la paume le coquillage et nous serons ensemble.

Son effet est magique. Je le touche du bout d'un doigt, et, à l'instant, je m'évade. Je retrouve Lucile et nos jeux de l'été. Je n'entends rien de ce qu'on est en train de me dire, ou bien juste ce que je souhaite.

Au jour de la rentrée, après la prière du matin, j'entends la maîtresse nous ordonner : « Ouvrez votre cahier à la première plage. » Je reste les bras croisés, mon cahier va s'ouvrir tout seul, et un souffle d'air marin va traverser la classe. Je ferme les yeux pour mieux le savourer.

L'enfant malade

La magie a ses limites. D'abord efficace en toute occasion, le coquillage a peu à peu perdu de son pouvoir. Je le tenais dans un mouchoir pour éviter de l'abîmer, mais le problème était plus profond. Pour quelque raison, l'œil de la Dame de Sable — était-ce de mon côté ou de celui de Lucile ? — se détournait de nous. Je ne parvenais plus à m'envoler à mon gré, Lucile m'apparaissait comme une image passée. J'avais perdu le contact avec sa manière de rire et d'inventer des histoires. Avec ce ressort qui lui était propre de n'être jamais en reste d'invraisemblances, avec son effronterie cachée sous des airs sages, laquelle, un matin, lui avait suggéré — et j'avais aussitôt été convaincue — que nous cherchions à nous introduire dans les cuisines du Grand Hôtel pour y vendre la dizaine de crabes verts qui gigotaient dans nos épuisettes.

À la faveur de nos mines enfantines, nous avions surmonté tous les obstacles. Nous nous étions faufilées dans le hall multiplié de miroirs, dans des salons aux tables vernissées, le long de couloirs aux tapis épais. La vue de nos pieds nus dans nos sandales Méduse encore mouillées foulant ces laines supermoelleuses justifiait à elle seule l'expédition. Nous étions enfin parvenues dans la cuisine du Grand Hôtel. Du chef au dernier des marmitons, chacun s'appliquait à sa tâche. L'arrivée de deux petites filles venant offrir leur maigre pêche est d'abord passée inaperçue. Lucile s'est dirigée vers l'homme le plus gros et a tiré sur son tablier. Il s'est retourné, a baissé les yeux sur nous, d'abord irrité puis amusé. Il a pris les crabes et nous a orientées vers le chef pâtissier. Nous avons retraversé les couloirs, les salons, le hall, en portant précieusement, sur de jolies assiettes, nos éclairs et nos religieuses. Toutes deux, très recueillies. Dans une atmosphère d'élévation. Nos sandales Méduse émues d'avoir foulé des tapis d'Orient. À elles, comme à nous, il était arrivé quelque chose... Mais la magie avait-elle jamais fonctionné ? Les yeux de la Dame de Sable, une fois prélevés et séparés l'un de l'autre, n'étaient peut-être que des coquilles vides, incapables de capter la lumière et encore moins de nous projeter vers un ailleurs. Tout reposait sur la conviction de l'élan, la vivacité d'une mémoire, toute fraîche, pulpeuse, nourrie des échos de nos fous rires.

L'école me devint prison. Un recel de contrariétés d'une variété impressionnante. Outre le blocage de mon cahier incapable de décoller vers la moindre plage, je dus endurer mille sortes de désagréments. Des brimades dont je n'étais pas toujours la seule victime, mais qui pouvaient s'appliquer à toutes les filles de la classe. À la récréation, dès qu'un jeu nous attirait et nous mettait en fièvre, nous n'avions plus le droit d'y jouer. Ainsi, on nous interdit de jouer au gendarme et au voleur pour le motif que cela impliquait que certaines d'entre nous se choisissent voleurs. Ou plutôt voleuses, puisque c'était une école de filles. Quant à nous y autoriser à condition que tout se passe entre gendarmes, une suggestion de Marie-Dominique, il n'en était pas question. (Réaction de la maîtresse : « Pardon, j'ai sans doute mal compris. Veuillez répéter, je vous prie. Avez-vous en tête qu'il y aurait deux clans : les gendarmes honnêtes et les gendarmes malhonnêtes ? » Marie-Dominique est cramoisie). Je faisais partie des vraiment déçues de ne pas pouvoir jouer au gendarme et au voleur, de ne pas pouvoir m'enfuir avec mon larcin et courir comme une folle sous la menace d'être rattrapée par un flic, d'être empêchée de hurler de peur. J'étais déçue, mais pas inconsolable. Dans cette école, on n'allait jamais au bout de sa vitalité, on ne criait jamais à s'en faire péter les cordes vocales. La bonne éducation, la sage retenue qu'il s'agissait de nous inculquer ne souffrait pas de pauses.

J'aurais été rattrapée de toute façon, la cour de récréation n'était pas grande et elle était clôturée d'une grille, comme l'ensemble de la maison et de la véranda transformé en établissement scolaire par les deux sœurs célibataires, Mlle Clotilde et Mlle Rose, qui la dirigeaient. J'aurais crié. Mais pas aussi fort que la chose le méritait.

C'était tant pis pour ce jeu-là. Et bien, essayons autre chose ! a proposé Hélène. Pourquoi pas la marelle ? L'idée nous plaît. Nous traçons à la craie des cases et sautons à cloche-pied de l'une à l'autre en poussant du bout d'un pied le palet. Atteindre le Paradis est une victoire et, quand ça se produit, on jubile, mais sans manifestation sonore excessive. On joue sans arrêt à la marelle, on voudrait se déplacer partout à cloche-pied. Toute surface expose pour nous des tracés de marelle. La marelle nous ensorcelle. Et puis la marelle aussi nous est interdite.

Car écrire par terre «Paradis» pour ne pas hésiter à le piétiner est décrété inadmissible. Je suis tentée d'argumenter : On ne piétine pas le Paradis, on saute dedans à pieds joints. C'est différent. Mais je sais qu'en situation de semonce, alors que Mlle Clotilde est montée sur ses grands chevaux, il est malvenu de mettre son grain de sel. Choisir le camp des voleurs était révélateur de pulsions criminelles ; avec l'affaire de la marelle, on a droit à la case «blasphème», on chute sans préambule dans le péché mortel.

Un moment, on joue à s'envoyer des gifles. Les premières sont grisantes. On se baffe à armes égales. Nos petites mains en ont mal. On se met en rangs tout étourdies. On arrête le jeu de nous-mêmes. Restent les rondes autour du chêne. Les petites filles traînent les pieds et chantent d'une voix de fausset. Les rondes sont préconisées, mais non obligatoires.

Je me retire des jeux collectifs et passe les récréations, assise sur un banc, à jouer au jeu de ficelles. Je tisse à deux mains une suite de figures. Tandis que mes doigts forment ces ébauches de toiles d'araignée, mes jambes se balancent à toute allure. Elles trépignent. Elles courraient volontiers vers l'heure de la sortie, vers le moment de retrouver Félix, mon grand-père, qui dès 16 heures 45 est posté de l'autre côté de la grille et fume en rêvassant. Mes jambes frémissent à l'appel du dehors, mais je n'en ai pas fini avec le programme de la journée.

À côté de moi parfois, sur le même banc, une petite fille est là, en attente de sa leçon de piano. À son air crispé, à son attitude rabougrie (elle ne balance pas ses pieds à la cadence d'une impatience intérieure!), je devine qu'elle va devoir subir l'épreuve musicale infligée par Mlle Rose. Par chance, et surtout parce que ma mère a été désastreuse en matière de piano et mon père guère plus brillant avec le violon, je suis dispensée de ce supplément de bonne éducation. J'écoute donc en sérénité les notes douloureusement égrenées et, la leçon achevée, j'observe sans effroi particulier la pauvre enfant qui vient de se faire disputer, secouer, insulter. Elle sort, l'échec affiché sur son petit visage. Elle traverse la cour en diagonale, nous rejoint et murmure à ma voisine : «C'est à toi.» Je bouge mes doigts avec vélocité sur mon jeu de ficelles. La cloche indiquant la fin de la récréation va bientôt sonner.

Il n'y a aucun mal à jouer au jeu de ficelles. Personne ne l'interdit. Si j'ai envie de découvrir mieux, c'est seulement parce que c'est ennuyeux. Du style faire la dînette, jouer à la maman, habiller et déshabiller sa poupée, la promener dans son landau, lui causer bête bébé.

Dans le coin le plus obscur de la cour, le mur est
percé d'une fenêtre en hauteur. Cette fenêtre demeure
fermée une grande partie de l'année, elle ne s'ouvre
que les jours très doux. Ce coin d'ombre m'intrigue.
J'ai vite fait de trouver moyen de me glisser jusqu'à
la fenêtre. Je me hausse sur la pointe des pieds et
jette à l'intérieur de la chambre des regards furtifs.
Presque à chaque fois, de l'autre côté, les grands

yeux tristes d'un petit garçon alité me répondent. Je reste aussi longtemps que possible cramponnée au rebord de la fenêtre. Le petit garçon ne me sourit pas. Il se contente de me fixer avec intensité. J'en éprouve des tressaillements étranges de joie et de désespoir mêlés. Nous pourrions à mi-voix nous dire deux mots, ébaucher un bonjour, échanger nos prénoms. Selon l'accord tacite qui règle nos entrevues, c'est exclu. De lui à moi, et réciproquement, se tend l'arc d'un désarroi sans solution.

Que ce jeu soit interdit et même si gravement qu'il n'entre dans aucune catégorie de fautes répertoriées, j'en suis consciente. Et cela va avec le fait que pour m'approcher de la fenêtre surélevée, je me soucie autant d'échapper à la surveillance des maîtresses qu'à celle de mes camarades. Rien ne me fait plus horreur que d'imaginer le visage espiègle d'une gamine surgissant dans l'encadrement de la fenêtre, faisant intrusion dans le jour de souffrance. Par crainte d'être responsable d'un pareil accident, je préfère m'abstenir de ces visites.

Il fait chaud. J'ai troqué mes chaussettes contre des socquettes. Et pourtant, la fenêtre n'est plus ouverte depuis dix jours. À bout d'anxiété, je trahis mon secret et parle à mon grand-père du petit garçon.

Il est mort, lui dis-je. Qu'en sais-tu ? me répond
Félix. Il est peut-être guéri. On peut guérir, ça
arrive. Regarde, moi, sourit mon grand-père. Dans
mon esprit, l'enfant malade n'est pas nécessairement
mort, mais il ne guérira jamais. Je répète avec lui
une manière d'aimer qui m'est trop essentielle pour
que j'envisage d'en être privée.

Une manière d'aimer muettement.

Il y aurait d'un côté les filles fusionnelles avec leur
mère, éperdues de caresses et de mots tendres.
    De l'autre, les filles amoureuses de leur père. Celles-
ci sont vigilantes et distantes. Gardiennes d'un secret
qu'elles savent partagé.

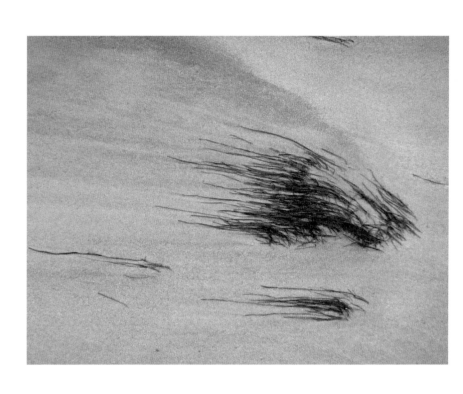

Les lignes d'écriture

J'attends beaucoup des récréations, un peu comme je voyais des gens, l'été, avoir espéré toute l'année les vacances pour se refaire une santé. Je compte sur elles pour me ranimer, me ressusciter par l'ardeur à jouer et que la page incapable de se muer en plage profite de quelques retombées d'étincelles. Mais à l'école les conduites magiques, les lubies, ne sont pas de saison. L'enseignement qu'on nous prodigue veut des résultats précis, obtenus par des méthodes classiques. Le programme n'accorde pas de place à la divagation active, à la main qui trace sur le sable, dans l'air, sur la mer. À la main qui court sur le papier, fait des cercles et des boucles, file droit, zigzague. La main qui sait d'instinct avec le peintre Alechinsky que dessiner c'est « écrire avant la lettre ».

J'adore le dessin. La souplesse, la gaieté de mon

corps de plage et mer passent tout naturellement dans le plaisir de dessiner et colorier. Dans la hiérarchie de mes objets chéris les coffrets de crayons de couleur et de crayons pastel Caran d'Ache touchent au sommet. Le seul fait d'ouvrir ces coffrets et de contempler la rangée des crayons en ordre selon les subtiles nuances de bleu, de vert, de jaune, de rouge… rouge framboise, rouge indien, rouge vénitien, rose, rose ancien, abricot, sable rougeâtre, pourpre clair… me plonge dans la béatitude. Caran d'Ache est une panoplie d'arcs-en-ciel.

Je me rappelle cette scène dans le musée Beaubourg à Paris, un petit garçon court d'une salle à l'autre en criant « Couleur ! Couleur ! Couleur ! » C'est ce qui chantait en moi, tandis que penchée sur mon cahier de dessin aux grandes pages blanches, je jouais avec mes crayons Caran d'Ache venus de Suisse. Me revient aussi une scène, opposée, dans un autre musée, le Metropolitan Museum of Art de New York. Pendant l'exposition Delacroix, dans l'hiver 2018. Une petite fille, traînée là par ses parents, manifeste son refus en déambulant les yeux fermés. Elle se fait bousculer, manque de cogner des chefs-d'œuvre. À l'issue d'un parcours chaotique, elle reste plantée en aveugle devant *La mort de Sardanapale*.

Quand il s'est agi pour moi d'apprendre à lire et

à écrire, j'étais la fillette de l'exposition Delacroix, l'enfant accablée du pensum. Les yeux et l'intelligence fermés à une expérience qui pourrait la bouleverser, agrandir son monde. L'émoi des couleurs, la grâce du geste, mes pas sur le sable à côté des traces d'oiseaux et des empreintes de coquillages, le royaume des métamorphoses... je ne retrouvais rien de ces trésors dans le laborieux apprentissage à l'issue duquel je finirais par savoir lire et écrire. Pas de renversement soudain. Pas d'illumination. Savoir lire s'est produit si progressivement que je n'ai pas eu conscience d'un instant inaugural, et savoir écrire a d'abord eu pour résultat la punition de devoir recopier un certain nombre de fois une même phase, le motif du délit.

Les lignes sont féroces contre l'étoilement, le griffonnage, le gribouillis. Prises dans leur étau, mes lettres se ratatinent. Elles s'agglutinent en paquets. Écrire revient à se mettre en rang.

C'est l'heure de la sortie et je ne sors pas. Je suis en retenue. Je dois recopier « Je ne parlerai pas dans les rangs », « Je ne jetterai pas mon béret dans une poubelle », « Je ne pousserai pas ma camarade dans la roseraie », « J'apprendrai par cœur la liste des départements ».

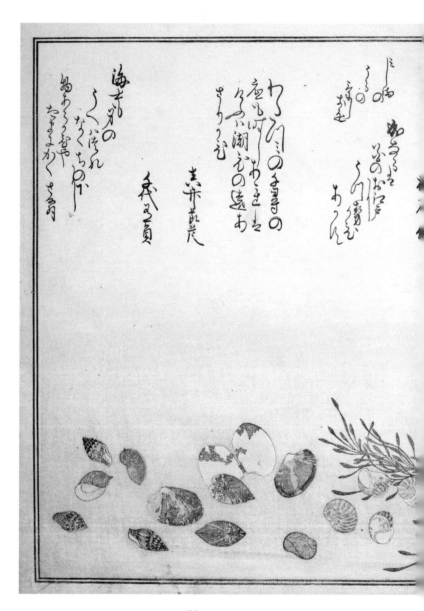

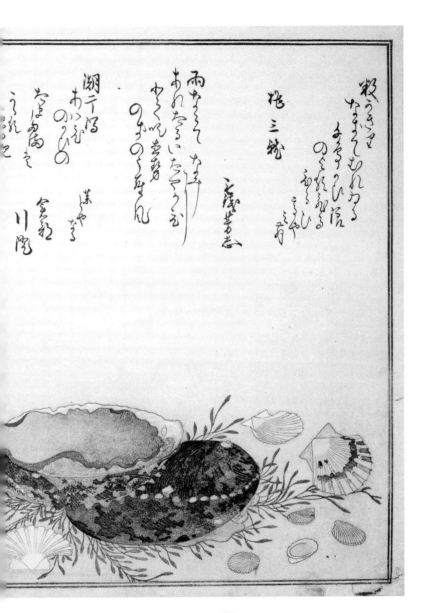

Je refuse. Je veux bien apprendre par cœur des poèmes, des prières, mais pas n'importe quoi. J'y vois une humiliation. Tout mon être se rebelle, exactement comme lorsqu'en fin d'année ma mère me force à écrire une carte de vœux à ma tante Élodie. Non, je n'enverrai pas des souhaits de bonheur à une femme incapable d'en jouir. Je reste les bras croisés devant la carte vierge. Même chose avec la liste des départements. Mais il faut céder.

01 : Ain.

02 : Deux ? Non, Aisne (Haine ?).

03 : Allier, etc.

Combien de fois, s'il vous plaît, Mademoiselle Clotilde ? vingt, trente, quarante fois. À perpète. Sans oublier les chefs-lieux.

Et après vous irez peigner la girafe.

Personne ici n'écoute mon grand-père, personne ne semble au courant que le système qu'on nous enseigne n'est qu'un système parmi d'autres. Il y a des gens de sciences et aussi des poètes. Il y a des peuples qui paient en dollars et d'autres en coquillages. Il y a des enfants qui n'apprendront jamais qu'un seul mot, n'empêche qu'ils auront tout compris.

Un seul mot, ou une seule lettre ?

(Un soir dans le métro parisien un homme, maigre, l'œil fiévreux, déclarait à la cantonade : « La chose à faire avec les lettres, c'est de prendre la première alphabétique et de n'en plus bouger. » Il dit et disparaît dans le wagon d'à côté pour y transmettre sa révélation. Lui non plus, personne ne l'écoute. Les voyageurs n'ont pas levé les yeux de leur journal, ni enlevé les écouteurs de leurs oreilles. Tous ces gens complètement sourdingues, ces malheureux aux « portugaises pire qu'ensablées », comme aurait dit Félix.)

C'est l'heure de la sortie et je ne sors pas. Ma plume fourche, mes lettres s'aggravent. La frustration m'étouffe. Dans une pulsion soufflée par le diable, je vole le cahier de brouillon de Lili, la plus défavorisée des enfants, celle dont on nous recommande, sans souci de l'écraser davantage, d'avoir pitié.

Je ne sais pas quoi faire de ce cahier. Je n'arrive pas à m'en débarrasser. En plus, c'est un péché impossible à avouer. Je ne veux rien de cette fille. À la récréation, je la fuis. Même quand on jouait à se donner des gifles, on l'avait exclue. Finalement, je jette le cahier de brouillon dans une poubelle du marché. Là où j'avais balancé mon béret d'uniforme.

Je gambade sur le trottoir, entre le marché et la maison-des-escaliers, la maison de mes grands-parents.

Mes cahiers de dessin et mes coffrets de crayons de couleur y sont bien rangés à côté des tubes de peinture et de tout l'attirail de Félix, peintre du dimanche dans son monde où c'est tous les jours dimanche.

Mon rouge tablier flamboie.

Le Petit Palet

Si l'école me choque si fort, c'est que ses codes n'ont rien à voir avec l'infini des plages de l'océan ni avec l'abri du Bassin, que les lignes d'écritures font rempart aux messages de sable. Mais en plus, sans transition avec une enfance au rythme des marées, je l'ai découverte tardivement. Avec un décalage d'un ou deux ans. Sans raison valable. On a simplement oublié de m'inscrire. Cela à cause de l'habitude bien inscrite, elle, dans l'agenda de mes parents, d'aller passer une partie de l'automne à la campagne. Juste l'inverse de ce qui se faisait autrefois, comme je le lirai plus tard dans les Mémoires de gens de la bonne société aux XVIIIe et XIXe siècles. Ceux-ci fuyaient les miasmes de la chaleur et revenaient en ville à l'entrée de l'hiver. Nous, c'est l'été au soleil et quand l'air fraîchit aller vers davantage de fraîcheur. Nous recherchons l'ombre des châtaigniers et des grands chênes. Notre destination ne varie pas : nous partons pour Le Petit Palet, un hameau qui comprend quatre maisons. Il est proche du Grand Palet, plus grand en effet et dont une bâtisse, une maison de maître, a belle apparence. Elle comporte un étage, une haute palissade, et dans la cuisine un énorme frigidaire. Elle est une sorte de château à mes yeux. D'autant que les fils ont l'habitude de déboucher comme des fous sur le chemin en chevauchant fièrement des cannes de bois de noisetier. Mais la cour, de pavés inégaux et où se balade la volaille, fait que cette demeure ne peut que tendre au château – sans y parvenir. Alors qu'il n'y a rien d'approximatif dans la minuscule mais parfaite ordonnance du Petit Palet. Quatre maisons donc : une morte (un tas de pierres d'où jaillissent des seringas), une vide, et deux vives, celle des fermiers et la nôtre qui se répondent en diagonale de part et d'autre du chemin.

Pour aller au Petit Palet, nous passons par Saint-Porchaire, où mon parrain et cousin l'abbé Guillaume dit la messe le dimanche. Nous y assistons, mon grand-père Félix et moi. L'abbé Guillaume, brun, petit, de beaux yeux noirs et le geste rapide, a le prêche vigoureux, teinté d'esprit révolutionnaire et peut-être pire : de révolte. Après la messe nous le rejoignons dans la sacristie. Un tour sur le marché. Tout le monde le salue avec bonhomie. Je trouve cela juste et m'en réjouis. Il est sûr qu'il met dans ses exhortations au partage des richesses et à l'égalité une sacrée énergie. Son Christ décolle rarement d'un quotidien âpre et besogneux. Et s'il lui arrive de marcher sur l'eau ou de ressusciter un mort, c'est comme par accident. Il n'a pas été envoyé par son Père pour nous émerveiller. Sous l'influence de Félix, j'ai une tout autre vision : le Christ me séduit comme opérateur de miracles. Il est le prophète qui enseigne à s'en remettre à la Providence, manne inépuisable de bienfaits – autrement dit à ne pas se faire suer. Le modèle des lis des champs qui ne filent ni ne tissent et irradient de splendeur revient souvent dans sa conversation. Quand il en parle, à Arcachon, je pense aux lis blancs sur les autels de Saint-Ferdinand ou de Notre-Dame. Ici, en Charente, je vois les lis qui colorent d'orange et jaune d'or le vert des potagers. Si dans les églises les lis blancs sont pure grâce (le jardinier qui les a plantés s'est évaporé, la main qui les a disposés dans le vase s'est aussitôt effacée), les lis des potagers exigent d'être arrosés, soignés.

Un peu de travail donc. Félix ne s'y intéresse pas une seconde. Moi non plus. Je pourrais pousser plus loin et, dans mon goût du miracle, être tentée de supprimer leur opérateur. Ce n'est qu'une tentation...

Mon parrain, au contraire, prend passionnément le parti du travail et des travailleurs. Sa nomination dans un village proche de Saint-Porchaire est provisoire, me confie Félix. Il va bientôt être expédié au loin dans une paroisse sinistre. Et pourquoi ça ?

— Il est puni. Il a choisi, après la guerre, de devenir prêtre-ouvrier. Il s'est fait embaucher dans une usine de conserves, je ne sais plus où, Rochefort peut-être... Guillaume a milité dans un syndicat. S'il en avait eu l'autorisation de l'Église, il se serait inscrit au Parti communiste. Tu t'imagines ! Et, même, il critique Sa Sainteté le pape.

Les yeux clairs de Félix s'embrument d'incompréhension.

— C'est tout juste si, après avoir dit la messe et enlevé sa chasuble dans la sacristie, Guillaume ne court pas à l'entrée de l'église pour vendre *L'Humanité*.

— Pourtant les paysans l'aiment bien...

— Ton parrain est un enfant du pays. Les gens estiment sa mère, la meunière, une femme courageuse, une résistante, et ils se souviennent du petit garçon qu'il était, mais lui, à l'heure actuelle, avec ses idées dictées par Moscou, ils n'en veulent plus.

Nous rentrons au Petit Palet en bicyclette. Sur le porte-bagage nos paniers pleins de victuailles. J'adore faire cette route à bicyclette, mais aujourd'hui je suis troublée par ce portrait de mon parrain en salopette et je m'inquiète que les belles galettes parfumées d'angélique, coincées entre mon missel et un cervelas, n'arrivent pas intactes.

Quelquefois Guillaume vient avec nous. Il nous dépasse sans mal sur son vélo. J'aimerais croire, comme pour le curé de Saint-Ferdinand, qu'il pédale avec les jambes de Dieu mais je suis informée maintenant qu'il pédale avec les jambes de Moscou. Ça ne l'empêche pas, bien au contraire, de dire le bénédicité avec ferveur : Seigneur bénis ce repas, ceux qui l'ont préparé, et procure du pain à ceux qui n'en ont pas.

Saint-Porchaire est *la* ville (Saintes encore plus, sans doute, mais elle n'entre pas dans les distances parcourables à bicyclette). Aller à Saint-Porchaire signifie un jour d'exception. Le reste, les jours normaux, tiennent tout entiers dans l'enceinte du Petit Palet. Ils n'en sont pas moins, chacun à sa façon, exceptionnels.

La maison est plantée à l'angle de deux chemins, l'un, de terre, mais considéré comme une route, puisque c'est celui que l'on prend pour se rendre en ville, l'autre simple tracé dans l'herbe, à mon usage quasi exclusif. Ce sentier, particulièrement fertile en pissenlits, passe entre un bois clairsemé et un champ de maïs. Ma cabane est à l'orée du bois. Le champ de maïs constitue son ouverture. Il ouvre sur une immensité. Relative. Ce n'est pas l'océan, mais s'avancer dans les sillons, disparaître entre les hautes tiges constitue une aventure. Je suis prise d'une exaltation de solitude, de risque – et gagnée par l'affolement. Car le champ de maïs est aussi un champ de poupées. Mes poupées officielles, lesquelles ont fait avec moi le voyage depuis Arcachon et jouissent d'un cadre rustique mais soigné, essaient (tant bien que mal) de considérer le séjour au Petit Palet comme un exotisme intéressant. Mais elles perdent ce semblant d'assurance lorsqu'elles me voient revenir du champ les bras chargés de poupées sauvages. Celles-ci se repèrent immédiatement à l'intérieur de la cabane, folâtrent dans les buissons, se nourrissent de noisettes tendres, vont danser sur une meule de foin derrière l'étable. Si leur visage manque de caractère (en fait, elles ont toutes le même), cette uniformité est compensée par des silhouettes d'une finesse très subtilement diversifiée et surtout, surtout, par l'extraordinaire beauté de leur chevelure longue, ondulée, brillante. Des blondes, des brunes, des brunes à tendance rousse, des rousses orangées... Si longues que certaines leur descendent jusqu'aux pieds et qu'après avoir fait les folles sur la meule de foin, adoré la lune et nommé les étoiles, elles écartent doucement le rideau d'entrée de la cabane et s'endorment à même le sol, seulement enveloppées de la soie de leurs cheveux. Les poupées classiques aux cheveux sages, au corsage col Claudine et aux pieds chaussés de souliers blancs à brides, les poupées aux pieds bridés, resserrent le groupe et attendent mon réveil avec anxiété.

Il se peut qu'il tarde : au Petit Palet je dors autrement.

Ici, je dors dans une grande pièce rectangulaire. Je couche sur un matelas pneumatique, cachée d'un paravent. Mon lit se situe à une extrémité de la pièce, à l'autre il y a la cheminée. Il est collé contre le mur mitoyen avec l'étable. Ainsi mon sommeil et celui des vaches se mêlent, ne font qu'un. Le son de leur cloche, qui m'est si familier de jour tandis que j'accompagne Louisette aux champs, me guide dans la fantasmagorie de mes nuits.

Les poupées de chambre vivent dans la terreur de l'invasion des poupées de maïs et la phobie des bouses de vache. À la campagne, je dois le dire, elles n'en mènent pas large. Ce devrait être pareil pour moi. Mais grâce à Louisette, la fille des fermiers voisins et mon aînée de neuf ans, la campagne, tout en gardant son mystère, ne m'effraie pas.

Je connais les vaches par leur nom. Je cours après elles, crie, brandis mon bâton lorsqu'elles s'apprêtent à brouter dans le champ d'à côté ou à arracher d'un coup de langue sur le mur d'une maison un faisceau de grappes de glycine. Elles ont leurs crises aussi. Des accès d'angoisse ou de folie. Alors elles tournent en rond, se bousculent, piquent des galops d'une lourdeur ridicule. Mignonne, Brunette, Pâquerette, Rosette, Joyeuse, Blondine, Caprice ! Elles n'entendent plus rien. Et puis elles retrouvent leurs esprits et se remettent à ce pour quoi elles sont si bien faites, mâcher et remâcher l'herbe, une nourriture uniquement verte grâce à quoi elles produisent un lait tout blanc. Pourquoi ? Comment ? Et si elles se nourrissaient uniquement de fleurs blanches donneraient-elles un lait vert ? Là encore, je garde la question pour moi. D'ailleurs, ce que j'aime le plus dans garder les vaches, c'est être avec Louisette, la

regarder broder, et chanter avec elle. Elle a dans son cabas, avec l'ouvrage en cours, son cahier de chansons. Nous commençons doucement, lentement, pour bien apprendre les paroles. Quand nous nous sentons prêtes, nous nous lançons à tue-tête. Les vaches, en pleine rumination, n'ont pas même un battement de paupières.

S'il pleut, Louisette ouvre un grand parapluie et tout continue pareil. Elles, Mignonne, Brunette, Pâquerette, Rosette, Joyeuse, Blondine et Caprice, le museau dans l'herbe, nous, le nez dans le cahier.

Au retour, passé l'angle où se trouve le puits, le trajet jusqu'à l'étable, ou jusqu'à ma maison puisqu'elle l'englobe, s'effectue dans un rayon de gloire. C'est la lenteur du troupeau peut-être qui me le suggère. Le fait qu'il lâche de temps en temps d'énormes bouses n'entache en rien la grandeur de ce retour.

La lenteur du carrosse me conduisant à ma demeure princière, là-bas, au bout du chemin, s'est substituée à la lenteur du troupeau.

Parfois, Félix nous attend, en train de se rouler une cigarette. Il est assis sur le rebord de l'abreuvoir, son chien Chasko à ses pieds, un chien de chasse que rien ne déprime autant qu'une partie de chasse (Chasko, pour moi, est presque à l'égal de son maître l'objet de ma vénération). Alors, je prends les devants, dépasse le troupeau et cours vers eux. Enfants voici des bœufs qui passent, cachez vos rouges tabliers...

Les vaches ont soif. Elles se massent autour de l'abreuvoir dans un désordre sans précipitation. J'ai l'impression qu'elles savent toujours ce qu'elles ont à faire et comment le faire. Par exemple elles ne ruminent jamais de travers. Leurs brefs accès de folie, j'en suis certaine, ont un sens. Elles sont la proie de terribles pressentiments. Mais sur ce point, comme pour l'idée que l'opérateur de miracles est peut-être de trop, je bloque ma pensée.

Lorsque je quitte l'étable, à la tombée du soir, après la traite des vaches, j'ai le contentement de qui participe, à sa mesure, même minime, d'un cycle admirable. Je repasse devant l'abreuvoir. Le sol à l'entour, mélange de terre et d'eau, de pisse et de bouses, est tout creusé et chaotique. Il garde les marques du piétinement du troupeau. Et si elles sèchent pendant la nuit, aucun vent violent ne parviendra à les unifier. Cette qualité de la terre, sa lourdeur, sa prégnance – elle colle aux sabots, ajoute une autre semelle, glaiseuse, aux chaussures – m'intrigue. Au bord de la mer, le sable et l'air sont d'accord. Il peut même s'envoler loin, le sable, voyager d'un continent à l'autre. J'ai déjà vu les dunes du Bassin recouvertes d'une poussière rouge venue du Sahara. Avec la terre rien de tel. La terre de Bourgogne ne jouerait pas à aller saupoudrer le sol d'Alsace.

Je pousse la porte de bois, entre dans la cuisine, ma cruche de lait encore chaud à la main. Je la pose sur la table ronde. Comme tout est bien ! J'ai envie de parler des vaches, de réfléchir tout haut sur leur physionomie d'absence pendant qu'on les trait. Comme si ça ne les concernait absolument pas. Il y a quelque chose du Sphinx chez la vache, dis-je. Ma mère et ma grand-mère préparent le dîner. Elles ne semblent pas davantage concernées par mes propos que les vaches le sont par le phénomène de la traite. Mon grand-père est en train d'allumer un feu de cheminée. Ce pourrait être la clôture d'une journée idéale. Mais il arrive que l'on m'envoie puiser de l'eau.

Je suis précipitée dans l'empire de la peur. Sa traversée est interminable. La maison écroulée, le coin de l'abreuvoir, la façade fermée de la maison vide, le potager des fermiers, le bout d'un champ bordé de ronces et où rôdent des renards, l'entrée du chemin donnant sur le puits. Je ne reconnais plus rien. Le seau me bat contre les mollets, entrave l'envie panique de courir que l'effroi du noir amplifié par les aboiements des chiens de ferme provoque en moi. Mais d'atteindre le puits me calme aussitôt. La manœuvre exclut toute distraction. Accrocher le seau, le laisser descendre jusqu'à ce qu'il touche l'eau, et moi au-dessus de la margelle qui scrute ce trou d'eau obscure venue du tréfonds du sol, version noire de l'eau de source. Un noir beaucoup plus

noir que les ténèbres prêtes à recouvrir la campagne.
Comme la terre, l'eau du puits me fascine. L'une et
l'autre entraînent vers des territoires de drames. La
terre vous immobilise. Elle plombe l'insouciance
d'aller, les pieds légers, le nez au vent. L'eau du
puits, tout au fond, recèle des plaintes et des gémis-
sements contre lesquels il vaut mieux se boucher les
oreilles. Je m'éloigne, ralentie par le poids du seau.
Ce n'est pas grave. La peur m'a quittée. Je retrouve
même, au niveau du potager des fermiers, quelque
chose de la souveraineté des retours de champs.

Mon père vient nous chercher à la fin du séjour. Il
reste avec nous un long week-end ou un peu plus.
Il va saluer le fermier et sa famille, fait un tour des
maisons, la nôtre, l'écroulée et la maison vide. Surtout, il met à profit ces journées libres pour aller
pêcher. Je l'accompagne mue par une pulsion qui
me pousse à mettre mes pas dans les siens. Je vis très
bien sans lui (puisque l'amour entre lui et moi a la
force indestructible d'un secret), mais lorsqu'il est
dans les parages, je suis happée par sa présence. Quoi
que je fasse, sans y songer, je finis par me trouver
près de lui, debout en train de l'observer bricoler,
marchant à sa suite, ou assise, muette, en contemplation.

L'endroit au bord du Bruant où l'on s'installe est fréquenté par d'autres pêcheurs. Leur attirail, chapeaux de paille, pliants, etc. a quelque chose de routinier. Il en émane de l'endormissement. L'aspect ennui du dimanche, avec des femmes et des enfants mollement répartis autour des nappes, tandis que le père pêche, me déprime. Mon père aussi peut-être. Mais il n'en paraît rien. Il garde les yeux fixés sur le courant faible, sur le bouchon quasi immobile. Une sorte de sieste sans sommeil dans une torpeur d'eau douce. L'après-midi touche à sa fin. Les familles vont se ressaisir. Les mères ramassent les restes du pique-nique, remettent leurs chaussures, lissent leurs robes. Elles attendent que leurs époux en aient fini avec leur manie de pêche à la ligne. Surtout qu'ils ne leur rapportent pas de poisson. Écailler, vider, nettoyer, rouler dans la farine, Ah non, pitié !! Les bals, les fiançailles : juste pour les appâter.

Je suis bien sage sur mon pliant, à côté de mon père. Aujourd'hui ça ne mord pas du tout. J'ai cru choisir le côté des hommes, de l'action, contre celui des femmes et des enfants, il est aussi ennuyeux. J'aurais mieux fait de rester auprès de Louisette chanter des chansons dans le pré et puis rentrer avec elle, courir après Mignonne, Brunette, Pâquerette, Rosette, Joyeuse, Blondine et Caprice.

La lenteur des troupeaux…

La lenteur des hivers, me rappelle Louisette quand je l'embrasse au moment du départ. Mais la gaieté de ses yeux m'avertit qu'elle aime aussi les hivers.

Je m'assieds à l'arrière dans la voiture de mon père. Mon carrosse, rangé dans la remise, avec les herses, a été confié au service des écuries. J'ai balayé le sol de la cabane. Escaladé une dernière fois la maison écroulée et contourné la maison vide. Les poupées de chambre sont allongées dans leur mallette en carton, les poupées des champs attendent de refleurir. Tout est en ordre. Je peux m'en aller tranquille.

La vague jaune

À quelques variantes près, mon père s'efforce de répéter cet idéal de journée : accorder un peu de sa présence à la famille, et pour le reste, c'est-à-dire l'essentiel, profiter du bateau pour s'isoler. Aller à la pêche constitue une de ses activités préférées. Elle a l'avantage de faire admettre par ses proches comme normales les longues heures passées à fixer le bouchon qui danse sur l'eau. Des heures, des après-midi, des journées entières à apprécier la satisfaction d'avoir enfin le droit de se taire. Il a pris ses distances par rapport à une humanité bruyante. Il est au milieu de l'eau, inaccessible. Moi qui aime parler avec mon grand-père Félix, avec Lucile, ou, quand je suis seule, avec mes poupées, peut-être assourdies par le monologue intarissable dont je les ai décrétées confidentes (parfois celles d'entre elles, qui n'ont pas leur langue dans la poche, ne se privent pas de me donner la réplique : elles m'arrachent à mon quotidien de petite fille pour me faire entrer dans leur existence : c'est moi alors qui deviens leur confidente); sur le bateau de mon père, à ses côtés, attentive à réagir au moindre frémissement venu de ma ligne, je me tais. Cela se produit naturellement. Dès la sortie du port, mon père, à la barre, fixe l'horizon; et moi, assise sur une banquette à l'arrière, je fixe mon père. Regarder mon père de dos, tête nue et en short, tandis que le bateau saute sur les vagues, que des embruns m'humectent le visage, que le vent défait mon foulard, affole mes cheveux et colle mon T-shirt contre ma peau, me propulse très haut sur l'échelle du bonheur. Il arrive à mon père de se retourner : « Ça va, poussin, tu n'as pas froid ? » Et même s'il ne lâche pas le point de destination, et si, tout au long du parcours, je contemple tour à tour sa chevelure souple éclaircie par le soleil, son torse solide à la chemisette bleu-mauve, ses bras nus bronzés, ses jambes musclées, et le paysage de mer et de ciel, sans jamais entrevoir son visage, ni entendre une parole de sa part, je suis comblée, je n'ai pas froid, il le sait.

Glisser sur l'eau en silence nous unit. Ce n'est pas un silence total, puisqu'il y a le bruit du moteur et, à l'arrêt, le clapotis des vagues contre la coque du bateau (et, quasi continu, selon la saison, le tac-tac des pinasses transportant les huîtres). Mais ce mixage sonore dans lequel entrent aussi des cris d'oiseaux a la douceur ouatée d'un silence. On peut s'appuyer contre, confiants.

Certains samedis ou dimanches d'automne, lorsque nous partons à la pêche le matin, le Bassin est dans un brouillard blanchâtre. Je suis chaudement vêtue sous mon ciré bleu marine. « Ce n'est pas un temps pour aller en bateau », dit ma mère. Elle s'est contentée d'un coup d'œil par la porte-fenêtre de sa chambre et maudit le climat atlantique. Mon père ne discute pas. Il rassemble les affaires nécessaires. J'ai à la main ma petite canne à pêche. Il a enfourné dans son sac à dos la boîte aux asticots, des appâts. J'ai horreur des asticots. Ce n'est pas un souci. Mon père se chargera de leur manipulation. Je ne suis pas davantage capable de décrocher un poisson de l'hameçon. Mais les ferrer, et par chance, en rapporter un, si. L'éclair de son frétillement argent entre l'eau et le bateau me met dans tous mes états. Sous un calme apparent. C'est le ton en usage sur le bateau de mon père. Lui-même reste sobre par rapport à l'Événement. Il ébauche un sourire ou, mieux, n'exprime sa fierté que par un plissement des yeux. Sur son embarcation, les « ah ! », les « oh ! », les exclamations de toutes sortes sont bannies. Tchekhov, dans un de ses contes, « Le point d'exclamation », raconte le choc d'un secrétaire de collège qui s'aperçoit à la fin de sa vie qu'il n'a jamais utilisé dans sa correspondance de point d'exclamation. Fort troublé, incapable de trouver le sommeil, il réveille sa femme. Ce signe de ponctuation, lui dit-elle, s'emploie dans les apostrophes et exclamations, et pour exprimer l'enthousiasme, l'indignation, la joie, la colère et autres sentiments. Son trouble empire : n'aurait-il rien ressenti de ces émotions ? Au calme imperturbable de mon père et au succès avec lequel je m'y associe, on pourrait croire qu'aucun sentiment fort ne nous habite, sinon un tiède contentement n'appelant vraiment pas de point d'exclamation. C'est l'inverse, la tension peut monter au maximum, et si, par chance, survient à notre portée un banc de sardines ou de grisets, bien qu'aucune exclamation ne fuse ni de sa part ni de la mienne, une giboulée de folle excitation balaie l'embarcation. À genoux sur la banquette, penchée par-dessus le rebord, je m'agrippe des deux mains à ma canne, comme si j'allais tirer de l'eau un congre géant, un poulpe de légende.

De sable et de neige

Quand passe un vol de canards sauvages, mon père me distrait un instant de la surface changeante de l'eau, un mouvement qui à la longue m'hypnotise, et me le désigne du doigt. Si ça ne mord pas, ce peut être le signal pour lever l'ancre et aller tenter notre chance ailleurs.

Quelquefois on arrête là, et la journée de pêche s'achève par une promenade en bateau. On fait le tour de l'île aux Oiseaux. On rêve chacun de notre côté d'occuper une des cabanes tchanquées. Il coupe le moteur, laisse le bateau dériver au large de l'île, nous restons silencieux, entièrement absorbés par la contemplation de ces étranges constructions sur pilotis. Inspirées des hérons, peut-être.

Avec mon père, je n'ai plus envie de parler, ni de jouer. Je suis saisie d'un sentiment de gravité si intense et entier qu'il me semble quelquefois que le goût de la parole et l'envie de jouer n'ont pas été premiers, qu'ils ont été des adjuvants, précieux, merveilleux, pour me doter d'une force de désinvolture dans un univers tragique.

Il arrive aussi que ce soit comme s'il n'avait jamais été question de pêche. C'est seulement le besoin de quitter le rivage, de s'éloigner. Ces jours-là, la zone agitée des passes fonctionne comme un aimant.

D'autres embarcations dans les parages pêchent. Mais pour nous le but est de tenter le danger, de tester au plus près les capacités de résistance du bateau. Il saute, frôle la bascule, se remet. Bien accrochée à mon siège, je me laisse asperger d'eau froide. Je sens que mon père pourrait aller plus loin. Sombrer ? J'essaie d'oublier le spectre de la vague jaune, la vague chargée de sable, soudain démultipliée par le jeu des courants qui s'abat sur un navire et le fait chavirer. Je guette la vague monstre. Je me dis que sa mauvaise couleur, son teint de jaunisse, la fera reconnaître d'entre les autres vagues évoluant dans les mille nuances du vert ou du bleu. Je l'imagine énorme certes mais peinte en jaune vif, en signal du danger qu'elle signifie. Dans le même temps, rappel des cruelles légendes de la mer, une voix me dit : Mais lorsque la vague jaune s'est élevée de la surface des flots, a surgi, gigantesque, au-dessus du fétu de paille de votre bateau, il est trop tard…

Mon père hésite. Rebrousse chemin du côté du calme du Bassin. De la continuité sans histoire. Franchir les passes, larguer les amarres, encore une fois, il ne l'a pas fait. La vague jaune, encore une fois, l'a manqué. Peut-être parce que j'étais avec lui. C'est une pensée douce-amère qui s'évapore dans le vent marin.

Il met le cap vers les plages du Pilat. La dune, d'une blancheur obsédante, domine la forêt et tout le paysage. Elle nous indique la juste direction. Et si nous abordions sur le banc d'Arguin? C'est marée basse. Sa longue surface de sable s'étend, tout juste émergée. Elle est le paradis des sternes, ces magnifiques oiseaux noirs d'une parfaite élégance. Encore plus que l'île aux Oiseaux, le banc d'Arguin leur appartient. Au fil de l'année près de quatre cents espèces y vivent en transit. Lesquelles? demandé-je à mon père. Il me donne quelques noms, très peu. Ça me satisfait. Je suis divisée entre l'envie de mots nouveaux et la crainte que de savoir les nommer enlève aux oiseaux quelque chose de leur grâce d'envol.

Nous débarquons le plus discrètement possible et, sans mot dire, nous nous séparons. Chacun dessine son propre tracé.

Facture

Mon père se levait tôt pour prendre son travail à l'usine de la Cellulose du pin, un vocable qui souvent répété à la maison sonnait d'une seule traite à mes oreilles : *Cellulosedupin.* Il devait se trouver à Facture un peu avant 8 heures. Pour moi qui l'entendais vaguement du fond de mon sommeil se déplacer avec précaution entre cuisine et salle de bains, ouvrir l'armoire du couloir, choisir ses vêtements, et, une fois passée la barrière de bois du jardin, s'élancer en courant, j'avais l'impression qu'il partait au milieu de la nuit. Chaque matin, au niveau de ma chambre, il prenait un élan précipité afin d'attraper son train de justesse. Je percevais, à travers les volets, son départ en trombe, ses semelles qui frappaient contre le trottoir, puis la rue se rendormait, et moi aussi. Les départs de mon père au travail me confirmaient dans cette intuition : tandis que les grandes personnes ne courent que sur une décision – décision qu'au fur et à mesure de leur vieillissement elles ont de plus en plus de motifs de ne pas prendre, les enfants courent comme ça, sans raison. Et c'est pour les réduire à la marche, pour les *ralentir*, les empêcher ainsi de les devancer, que les grandes personnes ne cessent de leur causer raison.

Les réveils solitaires de mon père, dans l'attention à faire le moins de bruit possible, faisaient partie d'une activité professionnelle, prenante, mais dont il ne racontait rien. Comme ses années de guerre, ses journées de travail ne suscitaient de sa part aucun récit. Jour après jour, il se rendait à la *Cellulosedupin*, dans cette usine qui fabriquait des tonnes de papier kraft avec du bois de pin, et en revenait, tard, souvent après 20 heures. Je n'avais aucune idée de la nature de son activité. Que pouvait bien dessiner un dessinateur industriel dans une usine à papier ? Ce qui était certain, c'est qu'il ne dessinait pas sur le papier produit par son usine, lequel buvait l'encre, manquait de lisse et de douceur, se présentait non par feuilles mais en gros rouleaux, difficiles à manier et même à transporter.

La *Cellulosedupin* : je n'identifiais pas le pin à l'intérieur de ce bloc. La formule, comme l'usine dont c'était la fonction, l'avait avalé. Il se pouvait que ce soient les mêmes machines qui, tout en avalant le pin des Landes pour en faire du papier kraft, avalaient la langue des travailleurs à jamais incapables de décrire leur journée de travail, et peut-être, plus largement, la totalité de leur existence, impuissants à parler de leur vie.

Le processus, en tout cas, dégageait une mauvaise odeur. Alors que les pins résineux sentent si bon, l'usine où l'on transmue le bois en papier pue. Dans mes élucubrations germe la suspicion qu'il y a quelque chose de pourri dans le monde du travail.

Le bruit des pieds de mon père au galop vers Facture... Facture... pourquoi Facture ? Le but de ces arrachements brutaux dans la grisaille de matins trop tôt et de journées entières d'absence, c'est bien une fiche de paie, non ? Même avec le but d'un salaire sa vie de travail m'est incompréhensible, mais si, en plus, contre toute vraisemblance, le résultat de son assiduité à l'usine de papier est de se faire encore et encore facturer, alors là, que conclure ? Je devais interroger mon père.

— *Facture*, me dit-il, certainement après avoir

posé des questions de son côté, est mis là pour *facteur*. Un facteur habitait à côté de la gare au moment de la construction de la ligne Bordeaux-Arcachon vers 1860.

— Pourquoi pas facteur ?

— Parce qu'il n'y a pas de *eur* en gascon.

— Ah bon.

Pile le genre d'explication qui me confirmait dans ma conviction de l'inutilité de poser des questions aux parents (et elle ne chassait pas complètement l'idée que plus on travaille plus s'accumulent les factures).

Mon père s'est tu. Il n'allait pas continuer par les caractéristiques du gascon parlé dans la région. Mon grand-père Félix a enchaîné sur un événement qui n'avait pas grand-chose à voir.

À propos de gare, il a raconté cet accident arrivé à l'un de ses cousins, un marin. Après des années de pêche il avait voulu changer de métier et devenir garde-barrière. Le lendemain même de son installation dans sa petite maison en bordure de la voie ferrée, resté un homme de la mer décidément sourd au sifflement des locomotives, il s'était fait écraser par un train.

— C'est triste, avait déploré Eugénie.

— Un accident idiot, avait ponctué ma mère.

— Comme quoi il ne faut pas se tromper sur sa vocation, au risque de s'exposer à de grands malhures, avait ajouté Félix, qui lui, par chance et par méthode, avait la vocation du bonhure.

Mon père n'avait pas exprimé d'intérêt pour cette histoire.

Les facteurs au XIXe siècle, dans ce pays de marais, distribuaient le courrier juchés sur des échasses, comme les bergers gardant leurs moutons dans les prés salés. Le soir, derrière mes volets clos, couchée dans mon lit, caressée par le doux contact de mon pyjama de coton rouge à motifs de boîtes cadeaux et d'oursons, je me représentais les Landes et le pourtour du bassin d'Arcachon, ces terrains sableux, vaseux, marécageux, ces zones instables, fuyantes, glissantes, rebelles à la culture comme à la construction, ces espaces pour rien et qui m'étaient si chers, je les voyais parcourus d'une multitude de personnages sur échasses, si hautes qu'en cas de heurt avec un train elles se brisaient net, et tout ce petit monde était envoyé en l'air.

Le 21 février 1956

Aucun bruit dans la maison en ce vendredi. Ni dedans ni au-dehors. Je n'ai pas entendu mon père courir vers la gare, ma mère ne m'a pas réveillée pour aller à l'école. Il règne un calme surnaturel. Je prends à témoin la Vierge fluorescente rapportée de Lourdes et la Grande Poupée de porcelaine, l'Ancêtre de toutes les poupées, assise sur la commode, robe et jupons étendus. Je me lève pour ouvrir les volets, mais ils résistent. ILS RÉSISTENT !

Ma mère a revêtu un manteau sur sa chemise de nuit et s'est enveloppée dans une écharpe à grosses fleurs, elle entrouvre la porte de la cuisine. Me montre le jardin, la rue, et, devant le portail, mon père qui s'apprête à dégager un morceau de trottoir avec une pelle. Il est tombé plus d'un mètre de neige pendant la nuit. Un autre monde ! Je crois aux métamorphoses, mais celle-ci me dépasse. Je vais pour bondir dans ce froid polaire. Ma mère me retient par mon pyjama. Je m'habille de plusieurs couches de lainages, m'emmitoufle sous bonnet et écharpe, et m'aventure. Mon père a creusé une tranchée dans le jardin. Je m'y glisse pour aller le rejoindre. Je me retourne vers Jackie. Elle me fait signe avant de refermer la porte et de rentrer au chaud. Elle est contente pour nous. Elle a son élément : l'eau, et sa saison : l'été ; elle n'en bouge pas.

Les jardins, la rue, les toits arrondis des voitures ne forment plus qu'un seul volume. Aucun mouvement dans la nature, sauf, par moments, un pan de neige qui chute d'un toit, ou glisse d'une branche avec un son feutré. Et bien sûr, au sol, dans cet invraisemblable plumetis de blancheur, se roulant, sautant, nageant, les enfants du voisinage, qui pour la plupart, comme moi, n'ont jamais vu la neige. Mais voir la neige, c'est vouloir la toucher, l'embrasser, la manger, la modeler, s'y laisser choir de tout son long, les bras ouverts. Et quand on se relève, on peut s'apercevoir et se reconnaître dans cette petite silhouette sculptée en creux et surmontée, pour la tête, d'un arrondi. Très vite nos moufles, nos chaussures sont mouillées mais ça ne fait rien. Un air à la fois glacial et délicieux, un air encore irrespiré dilate de joie.

J'enlève mon bonnet, plonge la tête dans la neige. Je veux que mon crâne aussi en fasse l'expérience. Dans le mouvement, j'avale quelques bouffées ou gorgées. Je mâche le froid, il fond sous la langue. Ma manie des nourritures blanches a trouvé un prolongement d'une ampleur inédite ! Le Café de la plage où j'achète mes glaces au citron est sans doute lui aussi enseveli sous la neige. J'imagine les parfums, fraise, framboise, noix de coco, vanille, et tutti frutti… chacun dans son compartiment, relégué, hors convoitises, dans le congélateur du restaurant. Ils doivent se sentir oubliés et dévalorisés. Surtout citron et noix de coco, qui par leur blancheur peuvent, en plus, s'estimer plagiés. Le glacé, le givré, qui constituent leur spécificité et font leur prix, est devenu l'apanage de tout Arcachon, en tous ses quartiers, en tous leurs noms de saison – Ville d'Hiver, Ville d'Été, Ville d'Automne, Ville de Printemps confondues. La Ville d'Hiver ayant sa part, mais pas davantage que les autres.

La neige a la saveur des colonnes d'eau pure tombant des cascades. J'en reprends, je m'en nourris et désaltère. Elle a un goût de cristal.

Mon père a pris son sac à dos et chaussé ses skis.

Il est parti en direction de la place Thiers, à la recherche de magasins ouverts.

Le jour s'assombrit vite, mais la neige, telle ma statuette de Vierge, est fluorescente. Je reprends la mince tranchée tracée dans le jardin. Il y en a d'autres maintenant, dans les jardins voisins, au milieu de la rue, autour du rond-point. Paraît-il que cours Lamarque-de-Plaisance, entre la gare et le Casino de la Plage, une longue tranchée a été creusée. J'irai demain. En attendant, je ne fais rien d'autre que cheminer à pas de fourmi entre ces murailles bleutées.

Mon père est revenu. Il a rangé ses skis dans le garage. Son sac est vide, mais il a sur le visage une expression radieuse tout à fait inhabituelle. Je ne m'en étonne pas. L'extraordinaire est au programme d'aujourd'hui.

Aucune rue n'est déblayée. Sur le boulevard de la Plage l'unique chasse-neige de la ville est débordé par la situation. Mon père a croisé d'autres skieurs, salué le pharmacien, Robert Fleury, en train d'enlever la neige devant chez lui.

Et Marie-Françoise Fleury, Marie-Annick Fleury, Marie-Élisabeth Fleury, ses filles, mes camarades d'école ? Étaient-elles dehors ? (J'aime prononcer leur nom de famille qui fait d'elles des créatures de la flore du Bassin.)

Oui, elles construisaient un bonhomme de neige. Marie-Françoise avait son manteau blanc, elle était à peine visible. J'aurais voulu savoir si elle portait aussi ses *snow boots* transparents, mais c'était trop. La gare est fermée.

Je l'ai aperçue, une gare de Sibérie, dit mon père.

Les voitures ne roulent plus. Les bicyclettes sont au garage. On ne circule plus qu'à pied, non sans difficulté, et à skis.

Ou en raquettes, ajoute ma mère. Je la sens tentée par l'expérience. Moi, je convoite les skis.

Ce sera ton cadeau d'anniversaire, m'assure mon père.

Nous étions vraiment sans communication avec le reste du monde. À la maison, il n'y avait pas le téléphone. Chose que j'avais toujours trouvée normale. Mais ce jour-là, le jour où la ville avait disparu sous la neige, cela m'a paru un surcroît de chance. Comme ça le bonheur est complet, ai-je pensé.

Oui, demeurons coupés du monde.

En moi-même, je prie, j'implore pour que la neige continue de neiger. Que les trains stoppés par les intempéries perdent à jamais le sens de leur fonctionnement. Que la gare sibérienne ne rouvre plus ses portes. Que les gardes-barrières, mis au chômage, restent à lire des bandes dessinées dans leur maisonnette. Que les bâtiments de la *Cellulosedupin* rejoignent les blockhaus ensevelis.

Que tout demeure dans ce temps suspendu, dans la simple magie d'un flocon de neige.

Au début du XXe siècle, dans un appartement de Saint-Pétersbourg, une petite fille russe, Natacha Tcherniak, qui plus tard signera ses livres Nathalie Sarraute, lit et relit son conte préféré :

« De l'autre côté de la Néva gelée, entre les palais aux colonnes blanches, aux façades peintes de délicates couleurs, il y avait une maison faite tout entière avec de l'eau que la force du froid avait fait prendre : la maison de glace.

Elle surgissait pour mon interminable enchantement d'un petit livre [...] Ses murs de glace épaisse, les carreaux de ses fenêtres faits d'une couche de glace très fine, ses balcons, ses colonnes, ses statues font penser à des pierres précieuses, ils ont la couleur du saphir, de l'opale... À l'intérieur, tous les meubles, les tables, les chaises, les lits, les oreillers, les couvertures, les tentures, les tapis, tous les menus objets qu'on trouve dans les vraies maisons, toute la vaisselle, et jusqu'aux bûches dans la cheminée sont en glace.

La nuit d'innombrables bougies brûlent dans les chandeliers, les candélabres, les lustres de glace, sans les faire fondre... la maison devenue translucide semble flamber du dedans... un bloc de glace incandescente...»

Dans la nuit du 21 février 1956, alors que le Bassin embaumait le mimosa et que le meilleur de mon énergie était déjà tendu vers le printemps avait surgi : la ville de neige.

C'était pour une seule fois. Malgré mes suppliques intimes, je le savais. Arcachon redeviendrait bientôt la ville de sable, mon père reprendrait le train pour aller travailler, son visage serait déserté par la joie.

Mais restaient l'à venir des skis et ce qu'ils portaient de promesse de nouvelles neiges, pour mon interminable enchantement.

La piste de ski d'Arcachon

Comme je me suis retirée, à l'école, des jeux collectifs, ma mère s'est retirée, dans son couple, de toute participation aux activités sportives. J'ai découvert dans une grande enveloppe rangée dans le tiroir d'un bureau des dizaines de photos qui les montrent ensemble en train de pédaler sur un tandem, de jouer au tennis, au ping-pong, de faire du canoë, du ski nautique, du ski de neige. Sur chaque photo ma mère est rayonnante. Et le soleil, toujours, est au rendez-vous.

Mais, une fois mariée, elle a décroché. C'était peut-être pour elle des divertissements de fiançailles. Ou bien elle préfère un ennui massif, bien rageur, à une torpeur de bon aloi, plus ou moins agrémentée de loisirs sportifs... J'imagine que mon père ne lui a pas demandé pourquoi. Et sans doute n'aurait-elle pas su

lui répondre. L'été, elle nage. L'hiver, elle attend le moment de pouvoir à nouveau entrer dans l'eau.

Jackie a renoncé aux sports en duo avec son mari, je prends sa place. En douceur, selon une sorte d'évidence naturelle. La même qui préside sur le Bassin à la succession des saisons.

Si elle n'a plus envie de ski de montagne, elle ne va certainement pas avoir envie d'expérimenter ce sport, inventé par les Arcachonnais en 1938 : skier sur aiguilles de pin, ou sur grépins.

Alors, skier sur grépins, mon père m'en fait présent avec la paire de skis promise. Il n'y a plus de neige à Arcachon depuis longtemps, il n'y en aura sans doute plus jamais : aucune importance ! Il fait beau, c'est dimanche et c'est presque l'été. Je suis toute joyeuse d'attacher mes skis sur le capot de la voiture, à côté de ceux de mon père, peints en blancs pour faire contraste avec le brun des aiguilles de pin, et puis de rouler dans la Ville d'Hiver vers cette destination de l'ordre du fantastique : une piste de ski.

Nous portons des chemises à carreaux à manches longues. Nous avons l'air de trappeurs du Canada, en vadrouille dans une cité balnéaire mais rivés comme des maniaques à un besoin de skier.

C'est un effort énorme, je dois l'avouer, de monter jusqu'au sommet de la piste avec mes chaussures et en portant mes skis dans mes bras. Je m'enfonce dans le sable, trébuche sur les racines d'arbres qui gagnent sur le rebord de la piste. Enfin, j'y suis. Mon père, après avoir farté nos skis avec de la paraffine pour les rendre plus glissants, pose un genou à terre et attache mes chaussures dans les fixations. Dans ce geste, comme dans celui, en bateau, de décrocher un poisson au bout de ma ligne, se condense à mes yeux sa dévotion envers sa fille. Et lorsque, sur ses mots « Allez, à toi ! » et à sa suite, je pivote mes skis dans le sens de la pente et donne un vigoureux coup de départ à l'aide de mes bâtons, je m'élance en pleine certitude.

Sur la piste d'aiguilles de pin la règle est de foncer droit devant soi. D'abord parce que la piste est étroite et qu'il ne faut pas entraver les autres skieurs – elle interdit le chasse-neige : pas de neige, pas de chasse-neige. Vouloir freiner en chasse-neige sur la piste d'Arcachon, c'est comme de vouloir monter dans un canoë habillée d'une crinoline ! Ensuite, parce que les aiguilles de pin permettent de glisser mais n'ont pas la substance malléable de la neige. Sous leur tapis le sable n'est jamais loin. Un sable gris, qui n'a pas la couleur beurre du sable de la plage, ni ses qualités d'accueil.

Chuter sur aiguilles de pin n'est pas doux.

Il y a aussi un tremplin. Les skieurs, des hommes, des adolescents, s'y risquent sans faiblir. L'instant de leur vol me donne envie de les imiter (ce poids énorme à chaque pied ne les empêche pas de voler!), mais le choc brutal de leur retombée sur grépins est un rappel à ne pas outrepasser mes capacités.

Sur l'aire d'arrivée on félicite les skieurs. On les encourage à s'entraîner. Skier sur aiguilles de pin est pris au sérieux. Il est prévu, chaque année, qu'une compétition sous l'égide de la Fédération française de ski se déroule à Arcachon. Descente, slalom, saut...
Mon père y participera. Il aime spécialement le saut. J'irai le regarder sauter et après je rejoindrai ma mère, installée dans la forêt, au pied d'un arbre. Allergique à toute compétition, elle sera en train de faire «un point de couture» du genre mettre un élastique, remplacer des boutons, enjoliver d'un galon une de mes jupes. Je resterai assise à ses côtés, des feuilles de chêne ou d'arbousier empilées sur mes genoux, et, plutôt que de prétendre les confondre avec de la neige, je rendrai aux aiguilles de pin leur première identité d'ancêtres des aiguilles à coudre.

De la poudreuse plein les yeux

J'avais rangé mes skis contre mes échasses. Celles-ci me racontaient les régions de landes et de marécage, de fonds vaseux, de bancs de sable et de rivages mouvants avec lesquelles je grandissais, et qui, par touches invisibles et strates subtiles, me modelaient – étrangement, puisqu'elles-mêmes se situaient du côté de la pâte à modeler et de l'inscription impossible... Quant aux skis, ils étaient muets. La glisse sur grépins ne leur donnait pas envie de bâtir des odyssées. Ils espéraient, comme moi, la rencontre avec la montagne. Leurs spatules, relevées à l'extrémité, tendaient au point d'interrogation : Alors, c'est pour quand une vraie piste de ski ?

Dans ma mémoire, tous les séjours à la montagne avec mon père ne font qu'un. Bien avant d'atteindre la station, l'obligation d'équiper les pneus de chaînes à neige dit bien qu'ici la neige n'est pas un événement d'exception. Mon père gare la voiture et je le vois, couché sur le dos, se démenant comme en proie à une crise d'épilepsie : il essaye de fixer les chaînes. Elles se rétractent et lui sautent des doigts dès qu'il est sur le point de les accrocher. Ça va ? J'interroge par courtoisie plutôt que vraiment soucieuse, car il pratique l'opération avec calme. Ce n'est qu'un rite de passage. Plus tard, alors que nous aurons beaucoup monté et que la rumeur du torrent au creux de la vallée aura cessé d'être audible, il s'arrêtera à nouveau et je sortirai courir quelques minutes, tête nue, pas assez couverte, pour le bonheur de respirer l'air froid et de déraper avec mes chaussures de ville sur des plaques de glace : c'est aussi un rite de passage.

Comme la journée de plage, la journée de ski élimine les incertitudes. Je sais, avant même d'avoir ouvert les yeux, de quoi va être fait le jour qui se lève. Il y a une nécessité heureuse dans tous les gestes qui vont suivre. Les difficultés sont diverses, variées, surprenantes, même celles auxquelles je m'attends, par exemple le poids de mes skis que, faute de réussir à porter sportivement sur l'épaule, je tiens couchés dans mes bras comme de grandes poupées de bois, ou celui des chaussures, qui m'empêchent de marcher et me font trébucher contre le rebord des escaliers métalliques conduisant à un téléphérique ou à des télésièges. Ceux-ci ont leur rythme. Ils ne ralentissent pas pour nous aider à monter. C'est à nous de les prendre au passage, de poser les skis en hâte et de nous laisser choir en riant sur la banquette. Et ensuite, quelle beauté!

Peut-être parce que j'ai tant peiné à remonter à pied la piste d'aiguilles de pin, toute espèce de remontée mécanique me met en joie. Et là, pour une fois, j'applaudis à l'intelligence technique. Et lorsque, le soir, le mari de notre hôtesse, fier de ses Pyrénées, cette montagne jeune, raconte les débuts des sports d'hiver, je l'écoute avec passion. Pour téléski, les vieux du village disaient «fil-neige». La neige le matin n'était pas damée sur les pistes. Mais c'était un grand progrès par rapport à l'époque de leur jeunesse quand, pour la damer, ils s'accrochaient par une corde serrée à la taille un gros rouleau de bois qu'ils traînaient dans les descentes. S'ils skiaient trop lentement, c'était sans effet; s'ils prenaient de la vitesse, le rouleau leur passait dessus et les écrasait.

Grâce à ces héros, skier n'est pas seulement dévaler les pentes, c'est aussi les remonter sans effort accroché au fil-neige, ou bien être suspendu au-dessus d'elles, jouir du luxe d'une vue aérienne, porter ses regards sur un échelonnement éblouissant de sommets. On est avec les oiseaux, ça n'empêche pas de continuer de s'intéresser aux mille avatars de la comédie humaine. J'oublie les pics, je regarde vers les pistes. Juste en dessous, croisant l'ombre mobile de nos sièges zéphiréens, des skieurs évoluent, certains admirables de maîtrise et d'élégance, d'autres acharnés à innover dans l'art de la chute.

Je tombe rarement. Je suis mon père qui lui ne tombe jamais. Il ne skie pas en souplesse pourtant, plutôt avec une détermination entière, excessive même. Il skie bien au-delà d'une simple journée à la montagne. Moi aussi, d'ailleurs. Cela touche de ma part à des dispositions mystiques. Ce n'est pas son cas. Mais il est certain que pour nous deux le ski ne se limite pas à une pratique sportive (et c'est peut-être pourquoi ma mère avait abandonné tous les sports sauf nager – parce que ce n'étaient à ses yeux que des sports, tandis que la nage…).

Je skie moins vite que lui. Il m'attend à mi-pente. Je n'aime pas l'idée de le ralentir. Je m'applique à enchaîner les virages, à ne pas craindre d'affronter la pente, l'attaque frontale. «Rappelle-toi la piste d'Arcachon», me crie mon père. Mais oui, il faut foncer, ignorer qu'on peut tomber, surtout que chuter sur la neige, dans la neige, certains matins de poudreuse, est jouissif. Je ne sais plus si je nage ou si je skie, et lorsque je me relève pour m'effondrer un peu plus loin parce que la neige fraîche freine et que j'ai oublié la recommandation de skier penchée en avant, je garde longtemps sur le visage le froid délicat de cette neige intouchée.

Certaines chutes, en revanche, font un effet de catastrophe. J'ai mal dormi. Je ne me sens pas en forme. Il a fait très froid pendant la nuit. La neige a gelé. Elle est « tôlée ». J'entends sous moi un son d'enfer. Sans prise pour les carres, paniquée, je tombe dès le premier virage. Je dévale un bout de pente, perds un ski. Mon père réussit à me stopper, m'aide à me relever. Je repars, retombe... Le retour au village, ce jour-là, le jour de la débâcle, se fait avec lenteur et précaution. J'ai les jambes qui flageolent, il me semble que je ne peux que tomber, c'est une tare de ma nature, une malédiction tapie dans mes chevilles, mes genoux, la ligne de mon dos, la maigreur cachée de mon torse.

« Tu skies comme une patate, tu ne tiens pas debout, tu vas te briser », me sifflent aux oreilles, à travers la laine de mon bonnet, des voix de sorcière, les mauvais esprits de cette montagne si jeune et vicieuse à la fois.

Pourtant, d'habitude, la dernière descente, celle qui réunit les fanatiques, la poignée de skieurs qui n'acceptent d'arrêter de skier que lorsque *toutes* les remontées mécaniques sont à l'arrêt, est spéciale-ment jubilatoire. Elle est la dernière chance dont je profite à cœur joie, je passe en flèche entre les sapins, rebondis d'une bosse sur l'autre, survole les obstacles, je fais fuir les sorcières, elles poussent de pauvres cris et courent se ratatiner au fond de leurs chaudrons. C'est le vent maintenant qui traverse la laine de mon bonnet et me siffle aux oreilles sa musique de vitesse.

Quand on commence de tomber, ça ne peut qu'empirer. À l'inverse, aux jours d'équilibre, rien ne peut nous faire vaciller. Le ski nous enseignerait-il une morale de l'existence ? Je me promets d'en parler à mon père, et puis j'oublie. Je n'oublie pas, mais selon le pacte qu'avec lui j'ai conclu, peut-être avant même de savoir parler (dans cet état de pre-mière enfance du petit être sans langage, d'*infans*, comme l'indique le terme latin, un des rares mots dans cette langue auquel je tienne. Tous les autres me paraissant extraits d'un manuel militaire), je sens qu'il est inutile de le questionner et de tenter avec lui la moindre approche sur le sens de l'existence. La révélation qu'a été pour moi la formule : « L'existence précède l'essence », aussitôt traduite par « Nous sommes notre vie », je la garde pour moi.

C'était un jour d'équilibre. Un jour où rien n'aurait pu me faire vaciller. « On ne tombe pas de la montagne » : je me le disais non pour me rassurer mais portée par l'évidence de la perfection du monde. Il avait neigé pendant la nuit. En marche vers le téléphérique, mes skis bien calés sur l'épaule, je m'en voulais d'abîmer de mes grosses empreintes le sentier tout blanc que nous suivions jusqu'au petit rassemblement de skieurs en attente pour la première montée du matin. Les skis, au contraire des chaussures,

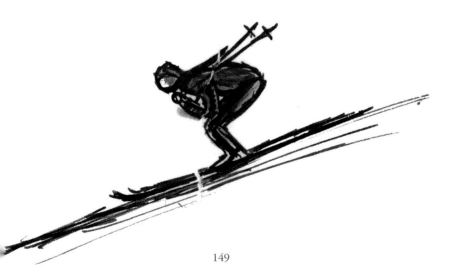

préservaient toute cette blancheur, sa surface lisse. Au sommet, la perfection triomphait. De descente en descente je m'efforçais de m'en éloigner le moins possible. J'aurais voulu m'effacer dans le paysage, disparaître. Car le ski, hélas, et tout ce qu'il entraîne, les remontées mécaniques, les restaurants, les foules de vacanciers, les cris, les haut-parleurs, les détritus et les mégots, ne cessent d'altérer et de défigurer la montagne. D'une bonne avalanche, par moments, elle balaie une tripotée de ces moustiques, nous, oublieux de Sa Divinité. La distinction entre piste et hors-piste, les prévisions de la météo, la recommandation de se munir d'un sifflet de secours doivent la faire, en ses tréfonds, imploser d'un rire caverneux.

J'avais skié ce jour-là en toute humilité, dans un bonheur recueilli. Mon père avait skié plus vite que moi, comme toujours. Il s'était fatigué plus vite aussi, ce qui n'arrivait jamais, et souhaitait rentrer à la pension. Je lui ai dit que moi je restais, tout allait bien. Il y avait encore du temps pour deux ou trois descentes.

À la dernière descente, au lieu d'être saisie d'une fièvre de vitesse, j'ai été prise du phénomène inverse – un désir maximum de lambiner. J'ai laissé passer tout le monde devant moi. J'avais envie de musarder, de devenir chouette ou marmotte, de me fondre au silence en train de regagner la montagne et de la rendre à sa vérité. Bientôt il a fait si sombre que je n'ai plus rien reconnu. À un croisement, j'ai dû prendre la mauvaise bifurcation et je me suis retrouvée dans un pré. Devant moi, les lumières des premières maisons du village, le reflet de leurs lumières sur la neige. Je ne pouvais pas me perdre mais les prés étaient entourés de barbelés. Je devais ramper, les skis aux pieds pour passer dessous. Une opération délicate. Un exercice de progression inventé par une maîtresse d'école vengeresse ou par un metteur en scène sadique. Enfin je rejoins la rue centrale, passe devant la petite chapelle rose et me hisse le long de l'escalier aux marches glacées qui mène à l'entrée de la pension de famille. Le dîner va être servi. Les pensionnaires sont descendus de leur chambre, ou sont encore à bavarder, jouer aux cartes dans la chaude salle de séjour aux rideaux épais. Mon père accourt. Il a l'air heureux mais pas du tout surpris que je m'en sois sortie toute seule. « J'ai manqué le chemin, lui dis-je, et skier dans des prés entourés de barbelés, crois-moi, c'est coton. Un peu plus et j'allais y passer la nuit. — Quelle idée! Je serais venu te chercher, bien sûr. » Il sourit. Il ne s'est pas inquiété. Je le prends comme la marque de sa confiance en moi.

La fille de l'aubergiste, Claire, a des gestes timides et empruntés. Je ne m'y trompe pas. Je l'ai vue skier avec ses frères et d'autres enfants du village. Sur leurs bouts de planche, en pull-over, tête nue, les joues couleur de bronze, ils filent comme le vent, coupent la piste juste à temps, et l'on s'effondre en série sur leur passage. Les enfants de la montagne surviennent comme des oiseaux sur la neige, ils s'éparpillent de même. On a à peine le temps de les apercevoir qu'ils ont déjà disparu. Ils nous ignorent, nous les skieurs d'une semaine, les maladroits qui s'étonnent de tout, tombent pour un rien, et sommes si naïfs et foncièrement ravis que nous appelons « soleils » nos plus belles chutes… J'envie l'audace des enfants de la montagne, je respecte leur morgue. Elle est la même que celle des enfants de la plage à l'égard des gamins des villes, débarqués tout pâles, craintifs, en début d'été, maladroits avec leur épuisette et leur casquette à visière. Mais des uns aux autres, l'écart est plus spectaculaire, beaucoup plus difficile sinon impossible à combler ici qu'au bord de la mer. Même si, au fond, il s'agit pour nous comme pour eux d'une appartenance sans partage.

Tu ne tombes pas de la montagne : c'est à eux que la phrase s'adresse, je l'ai saisie au passage et détournée à mon usage, le temps d'une descente.

Claire dépose le potage sur la table. Elle est à la fois chez elle et dans une habitation de passage. Je lui trouve toutes les chances. Mon enthousiasme pour la vie en pension de famille est total. À mon avis, mon père lui aussi s'y plaît. Je lui demande pour jouer :

— Tu préfères les pensions de famille ou les maisons de famille ?

— Oh !... La maison du Petit Palet, tu sais, elle ne remonte pas à l'Antiquité. D'ailleurs ce n'est pas celle où j'allais en vacances enfant. J'allais avec mes parents à l'autre maison, celle où habitait la grand-mère.

— La maison vide ?

Ainsi la campagne est son lieu d'origine. La rosace de la porte de la grange, il l'a contemplée comme moi à hauteur d'enfant, et mes poupées de maïs frayaient avec notre arbre généalogique...

J'ai envie de poser plein de questions. Mais son visage s'est fermé. Il se sert un verre de vin et regarde vers la montagne engloutie par la nuit.

Je n'insiste pas, j'ai reconnu sa manière de se taire en famille, *contre* la famille. Son mauvais silence.

Le jour du départ, la dame aubergiste tient à nous saluer. Le mari est au travail sur les pistes, les enfants à l'école. Elle est debout sur le seuil, en haut des marches du perron. Elle referme sur sa poitrine une courte cape, une palatine, tricotée au crochet. À l'année prochaine, disons-nous ensemble. Bonne route, soyez prudents, ajoute-t-elle. Comme si mon père, pris de folie, allait pousser un hurlement et précipiter la voiture dans le prochain ravin. Et pourquoi pas ? Qu'est-ce qui l'en empêche ? Conduit-on avec prudence quand on a encore de la poudreuse plein les yeux ? Par la fenêtre, je fais bye bye de la main. L'hôtesse nous dit au revoir une dernière fois et se hâte de rentrer.

J'ai enlevé mon anorak et l'ai posé sur mes genoux. Comme, ai-je lu, les riches Anglais ou Allemands qui vont skier dans les Alpes suisses font avec un plaid écossais. Par exemple, l'écrivain Thomas Mann à Saint-Moritz. Mon père me demande de vérifier dans la boîte à gants qu'il y a bien les cartes Michelin, elles y sont, ainsi qu'une paire de lunettes de soleil et son livre de chevet : *Premier de cordée*.

Le visage couvert

Le médecin s'est levé. Mal à l'aise d'avoir dû être le messager de l'inconcevable nouvelle. Il s'est dirigé vers une des fenêtres orientées vers la mer. Il voulait sans doute s'écarter de ma mère et de moi, toutes deux en sanglots, de l'autre côté de son bureau, et songer à la manière la moins blessante possible de nous signifier la fin du rendez-vous. Je l'ai suivi. En automate, j'ai cherché des yeux le bateau de mon père.

C'était le mercredi 2 janvier 1963. Mon père était mort dans la froideur et l'indifférence d'une chambre de clinique. Tandis que la plupart des gens récupéraient des excès de fêtes et qu'une minorité, au tempérament plus austère ou volontariste, notait sa liste de bonnes résolutions pour l'année à venir. Mon père le faisait-il d'habitude? Je ne pense pas.

Mais pour celle-ci (entr'aperçue mais comment ? Par quels éclairs d'accalmie, par quels terribles retours à soi ?) il n'y avait eu qu'une résolution : ne pas mourir. Pas une résolution, mais un souhait désespéré, un sursaut. Dans un tourbillon de souvenirs fuyants, un maelström de visions affolées : le regard bleu de sa mère, une route des monts lyonnais pendant la Résistance, la vivacité irrésistible de Jackie, ses baisers d'adolescente, un pont bombardé par les Allemands, la maison vide de son enfance... Ou bien, il n'avait rien ressenti de tel et était resté jusqu'au bout dans ce fatalisme de non-intervention, un découragement inexplicable, dans cette zone de retrait vers laquelle il avait dérivé un jour et qui s'était refermée sur lui. Ce qui avait pu se passer dans la chambre-tombeau de son dernier voyage m'obsédait.

Même si c'était un souvenir douloureux pour ma grand-mère Eugénie il y avait de la tendresse, une possibilité de réconciliation avec l'horreur de la séparation définitive dans un dernier souhait porté par la voix affaiblie de son père. Celui-ci avait réclamé une « grande jatte de fraises ». Ses filles, Eugénie, Hélène et Marguerite, à qui il avait transmis une haute taille et une rousseur héritées de ses ancêtres irlandais, avaient couru au potager pour lui ramener les fruits convoités. Le parfum de la fraise, son rouge luisant, un pâle sourire sur le visage émacié du mourant avaient créé une continuité entre ces instants atroces et le père expansif, vivant, plein d'appétit qu'elles avaient aimé. Eugénie revenait souvent sur l'offrande des fraises dans la grande jatte de porcelaine. Elle répétait les mots de son père et détournait les yeux.

J'aurais tant voulu moi aussi avoir pu apporter un fruit à mon père. Faire pour lui le geste qu'il avait eu pour moi, l'été précédent, lors d'une marche en montagne au-dessus du lac d'Annecy. La montée était dure, car le chemin, caillouteux, se dérobait sous nos pas. Nous avions fait une pause et mon père avait cueilli des cerises noires d'un arbre devenu sauvage. Je me rappelais avec précision le goût un peu acide des griottes, mais je savais qu'il finirait par s'estomper, alors que le mouvement d'épaule de mon père pour se tourner vers moi et me tendre à bout de bras les cerises arrachées d'une branche s'était imprimé en moi à jamais.

Je me heurtais à un extrême de la solitude, de l'appel impossible à chuchoter, et bien que ce fût secondaire (mais c'était beaucoup plus qu'anecdotique) le fait que l'heure de son agonie, son heure des ténèbres ait coïncidé avec, pour le reste du monde, un temps de ripailles et de rires, de danses, d'embrassades, de millions de vœux de bonheur et de bonne année, achevait de me dévaster – à l'intérieur et en faisant en sorte de donner le minimum de prises aux jugements du dehors. Je n'avais pas à me forcer. La violence du choc m'avait laissée sans réaction. Je ne possédais aucune réponse vivable, aucun deuil adapté à la perte de mon amour. J'expérimentais cela : qu'il existe dans la souffrance un seuil de démesure à partir duquel ses manifestations sont toutes aussi folles les unes que les autres, et nécessairement en deçà.

Dans les *Essais*, Montaigne, fidèle à son génie de nous présenter des exemples tirés d'un lointain passé qui nous visent droit le cœur, rapporte que « Psamménite, roi d'Égypte, défait et pris par Cambyse, roi de Perse, quand il vit passer devant lui sa fille prisonnière habillée en servante qu'on envoyait puiser de l'eau, et alors que tous ses amis pleuraient et se lamentaient autour de lui, se tint coi, sans mot dire, les yeux fichés en terre : que voyant peu après qu'on menait son fils à la mort, il se maintint encore dans cette même contenance ; mais que, lorsqu'il aperçut un de ses domestiques conduit parmi les captifs, il se mit soudain à se frapper la tête et à mener un deuil extrême. Ceci se pourrait comparer à ce qu'on vit dernièrement chez un prince des nôtres : ayant ouï nouvelles, à Trente où il était, de la mort de son frère aîné, mais un frère en qui consistaient l'appui et l'honneur de toute sa maison, puis bientôt après d'un puîné, sa seconde espérance, alors qu'il avait soutenu ces deux assauts avec une constance exemplaire, quand quelques jours après un de ses gens vint à mourir il se laissa emporter par ce dernier malheur, et, quittant son air résolu, il s'abandonna au deuil et aux regrets, de sorte que certains en conclurent qu'il n'avait été touché au vif que par cette dernière secousse. Mais à la vérité ce fut qu'étant par ailleurs empli et comblé de tristesse, la moindre surcharge brisa les barrières de sa patience. Il s'en pourrait, dis-je, autant juger de notre histoire, n'était qu'elle ajoute cela : à Cambyse qui lui demandait la raison pour laquelle, alors qu'il ne s'était pas ému du malheur de son fils et de sa fille, il supportait si impatiemment celui de ses amis, Psamménite répondit : "C'est que ce seul dernier déplaisir peut se signifier par les larmes ; les deux premiers surpassaient de bien loin tout moyen de se pouvoir exprimer."

D'aventure l'invention de ce peintre de l'Antiquité reviendrait à ce propos, qui ayant à représenter au sacrifice d'Iphigénie le deuil des assistants selon les degrés de l'intérêt que chacun portait à la mort de cette belle fille innocente, ayant épuisé les derniers efforts de son art quand ce fut au tour du père de la vierge, il le peignit le visage couvert, comme si aucune contenance ne pouvait figurer ce degré de deuil. »

Je fis de même. Aucune contenance ne pouvant figurer le degré de deuil dont j'étais affligée, je me couvris le visage. D'un voile léger, imperceptible et qui ne faussait en rien la mobilité de mes traits, la spontanéité de mes mimiques tristes ou joyeuses. J'ai agi rapidement. J'étais encore à découvert lorsqu'à côté du médecin placide oiseau de malheur, je regardais comme lui en direction de la mer et cherchais le bateau de mon père. Réflexe absurde, puisque je n'ignorais pas qu'il était ancré au port de plaisance presque en face de l'église Saint-Ferdinand et qu'en fait, en cette saison, nous n'avions devant nous, le médecin et moi, que des corps morts, ces bouées blanches et rondes qui marquent l'emplacement virtuel d'un bateau dans l'attente de sa prochaine mise à l'eau, aux beaux jours. Ainsi dans cette clinique aux allures de villa de vacances, pendant que je me tenais debout à la fenêtre mes yeux auraient pu me donner à voir une mer verdâtre aux reflets venimeux sur laquelle çà et là s'agitaient des corps morts. Il n'en était rien, car, hagarde, hoquetante, je pleurais éperdument comme si ma peine, de l'ordre des chagrins envisageables, avait pu se signifier par les larmes. J'ai continué jusqu'à la messe d'enterrement où la voix de mon parrain Guillaume parmi les officiants, nouée par le chagrin, faillit me faire perdre conscience.

Et puis comme, alignée avec les membres de ma famille, je recevais les condoléances de la part d'amis et de connaissances du « défunt » (« celui qui est couché là », avait dit le prêtre, désignant le cercueil) une Sagesse antique venue peut-être du temps des rois d'Égypte et de Perse, d'Iphigénie et de son père Agamemnon, une Sagesse aux doigts comme des pétales de rose m'a couvert le visage. Elle a stoppé l'écoulement noyade de mes pleurs et asséché l'infini marécage des regrets éternels. Elle m'a relancée dans la musique du monde. La messe achevée, je suis partie avec Lucile. Nous avons écouté ensemble des disques des Chaussettes noires et de Charles Aznavour. J'ai refusé d'aller au cimetière, là où le sable doré de la plage devient poussière d'ossuaire. Là où deux dates sur une dalle voudraient enclore le mystère d'une vie. Je n'ai emprunté aucune de ses allées funèbres. Ni ce jour ni un autre.

Désormais je vivrai sur deux temps : le temps figé du deuil impossible, le temps mobile et miroitant de l'événement. La mort de mon père : une partie de moi, cachée, est devenue pierre, l'autre a fait de justesse un saut de côté et a rejoint le courant de la vie, sa merveilleuse fluidité. Les deux parties étant également vraies.

Le cache était sans défaut. Il s'est déchiré une seule fois, à l'occasion d'un retour dans une station des Pyrénées. Après la mort de Félix, j'avais mis une croix sur les jeux que nous partagions ensemble, mon grand-père et moi. Eugénie, pour longtemps toute habillée de noir, avait rangé dans le buffet de la salle à manger les cartes, les dominos, le jeu de dames. Je n'avais gardé que le mikado, parce qu'il exigeait réflexion et délicatesse et que sa visée, retirer une pièce de l'édifice sans le faire s'écrouler, me captivait. Il y avait peut-être aussi, inconsciente, l'idée que je pourrais y jouer seule, manière de me rassurer dans l'esprit même du mikado, pauvre effort pour essayer de me convaincre qu'en dépit de la disparition si douloureuse de mon grand-père le fragile édifice de mon être ne s'écroulerait pas. J'ai le culte de l'irremplaçable. La suppression à la mort de mon grand-père des plaisirs qui lui étaient liés,

je l'ai répétée au moment de la mort de mon père.
Comme, en sa monstruosité, Sardanapale mourant
l'ordonne pour ses femmes, ses animaux et tous les
éléments familiers de son entourage, j'ai envoyé au
néant toutes les activités chéries du vivant de mon
père. Pêcher, faire du bateau, jouer au tennis, marcher en montagne ont été rayés d'un trait. Mais
skier, non, je n'ai pas réussi à l'éliminer. Quand je
suis retournée skier, dans une station toute proche
de celle que je fréquentais avec lui, je n'ai d'abord
perçu que la violence et l'absurdité de cette fureur à
monter puis dévaler des pentes. À la première chute,
j'ai souhaité ne jamais me relever, tomber à l'infini.
Surtout, à ma première chute, que j'ai souhaitée la
dernière, les larmes m'ont reprise. Mon cache était
impuissant. J'ai senti le danger, plus certain qu'un
accident mortel, et, comme j'ai pu, le visage encore
dans le froid de la neige, je l'ai réajusté sous mon
passe-montagne.

Mon père était mort à l'âge de quarante-trois ans ;
j'en avais dix-sept. Je ne connaissais pratiquement
rien d'au-delà du bassin d'Arcachon, sinon, toute
petite, des vacances en famille au Pays basque et
en Savoie, puis, plus tard, seule, trois semaines à
Londres et, la même année, avec une amie, l'éblouis-

sement d'un plein été à camper quasiment les pieds dans l'eau dans une pinède près de Saint-Tropez. La vie était ouverte devant moi. J'étais décidée à aller voir au loin, à refuser les liens d'habitude et la résignation à l'ennui. Je fuirais comme la peste les sentiments de convention, me disais-je en marchant le long de la mer, tête baissée contre le vent d'hiver.

S'il y avait eu en mon père, enfouis sous son mutisme, des romans rêvés, des aventures fantasmées, des pays convoités, je tenterais, au hasard, de leur donner réalité. Je ne saurais jamais lesquels bien sûr, je n'aurais d'autre guide que l'intensité de l'émotion : l'éclat de l'instant.

Le médecin avait fourni une explication scientifique. Elle n'ébranlait pas en moi la conviction que mon père était mort de silence, comme on meurt de solitude ou de faim.

Seul,
si jeune,
à l'orée d'une année nouvelle.

De sable et de neige

Le paysage intérieur

Lorsque j'ai quitté Arcachon, ma sensation d'arrachement a été si forte que j'ai été pendant longtemps incapable d'un retour (sinon en surface, toute sensibilité éteinte). Et puis, un mois de mars, après la publication d'un livre qui mettait en scène cette ville et son horizon marin, et donc après avoir trouvé des mots adoucissant l'abrupt de revoir, j'y suis *vraiment* retournée, toute sensibilité en éveil. J'ai compris alors qu'y aller ou non n'était pas la question, car ce paysage n'était en rien un paysage parmi d'autres. S'il entrait dans une géographie, c'était d'abord dans celle, intime, mouvante, de mon âme, dans une manière d'être du côté du friable et de l'évanescent.

Mirages,
envols de sable et d'écume,
scansions de silences et de vides.

Il était mon portrait en reflets tremblés.

Je voyageais avec lui et par lui. C'est pourquoi, dans mes diverses pérégrinations, je n'avais jamais cherché à le retrouver. Mais, un jour, à ma grande surprise et alors que je me croyais arrivée dans le pays de la plus totale étrangeté, il m'est revenu, aussi intense et plein de mystère, dans une sorte de dédoublement magique, ou comme la reprise d'un récit interrompu.

Le Pont qui traverse le Temps

Allen avait loué à Kyoto dans le quartier de Demachiyanagi une petite maison au fond d'une impasse pleine d'ombre, que bordaient, devant chaque entrée, quelques fleurs, chrysanthèmes, cyclamens, un pied de fougère, une touche de mousse. Elle comprenait, au rez-de-chaussée, une cuisine et la salle de bains, glacée. En étage, deux pièces, une meublée à l'occidentale et dotée d'un lit confortable, l'autre traditionnelle. Allen avait installé sa pile de livres dans un coin de celle-ci, pour étudier le paysage, la poterie et la langue japonaise, avait fleuri d'une orchidée tigrée la table basse et disposé le paravent doré de façon à ce qu'il dissimule la vue du mur tout contre lequel était bâtie la maison. Selon sa délicatesse, il m'a proposé de choisir ma pièce : j'ai pris la chambre à l'occidentale. Parce que je serais plus à l'aise pour y semer mon désordre, pour le matelas que mon dos préfère au futon, et surtout à cause de la fenêtre : elle donnait directement sur un temple, son jardin, son cimetière. Et comme j'allais le découvrir dès le matin suivant, très tôt, réveillée par les clochettes et sutras de l'office des morts, cela voulait dire que nous allions vivre à son rythme.

Nous étions à la mi-décembre : l'acmé de la saison du feuillage d'érable, *momiji*, était passée, mais il y avait encore beaucoup de feuilles sur les arbres, et celles tombées tapissaient le fond des ruisseaux, la pierre des fontaines, ou formaient sur l'herbe de subtils motifs. C'était le déclin de la saison des érables rouges dans la nature, mais la vie quotidienne continuait de s'en inspirer et de la célébrer. La feuille d'érable se déclinait sous toutes les formes : en tatouages, en éventails, en pendentifs, en broches, bagues, boucles d'oreilles, en motifs sur les lanternes de papier, les enveloppes et papiers à lettres, le tissu des kimonos revêtus par les geishas et *maikos* (apprenties geishas) du quartier de Gion, des *furoshiki* (pièces de tissus pour envelopper des cadeaux), des écharpes, des T-shirt, des chaussettes, sur les baguettes, les plats, les nappes, les serviettes, et, dans la nourriture même, en tempura, en pâte de soja, gâteaux (*momiji manjû*, gâteau à la forme d'érable fourré à la châtaigne ou au haricot rouge), recettes de tofu, en *origami* et guirlandes de papier brillant

suspendues au-dessus des ponts ou d'un lampadaire à l'autre. Le feuillage écarlate tranchait avec des tonalités, dans l'habillement comme dans la décoration, traditionnellement du côté des demi-teintes, des nuances de gris, vert sombre, brun, beige, bleu nuit, des couleurs « incroyablement ternes », comme l'écrit Tanizaki Jun'ichirō dans *Éloge de l'ombre*. Il précise : « En un mot, le costume n'était qu'une parcelle de l'ombre, rien d'autre qu'une transition entre l'ombre et le visage. » Et je me sentais en affinité avec ce nuancier du terne, un idéal d'effacement qui aurait pour complément gustatif les ressources du fade, et pour équivalent sonore une musique du silence.

La feuille d'érable empourprée n'égale dans le coup d'éclat que la mandarine ou le kaki. Je devrais aussi nommer le rouge-orange des torii des sanctuaires shinto, mais ma manie *momiji* était du domaine de la cueillette, de l'attention au minuscule. L'architecture relevait d'une trop grande échelle.

Dans mon sac, un patchwork de morceaux de kimonos anciens, j'avais avec moi un livre que j'utilisais en porte-feuilles d'érable. Le soir je faisais le tri. J'éliminais les trop sèches ou celles enlaidies d'un défaut infime. Un point noir, un dentelé déchiré, une pointe écornée.

Je n'arrêtais pas d'observer, de comparer, de chercher la feuille parfaite. Une activité dont ne me distrayaient que les haies de camélias roses et blancs le long du Chemin de la Philosophie. Cependant, même penchée sur eux et les détaillant pétale par pétale, je ne perdais pas de vue l'objet de ma quête.

Pareillement, aux abords de septembre, dans la forêt d'Arcachon ou dans les dunes, j'allais à la cueillette des mûres. Habitée par une frénésie — une frénésie calme. Les mûres prenaient la suite des coquillages. La feuille d'érable s'inscrivait dans ce sillage.

J'appartiens à l'âge de la cueillette. Une sorte de blocage archaïque m'a arrêtée à ce stade. Et quand j'ai commencé non de pouvoir lire mais de prendre le goût de lire, j'ai pensé que j'irais à travers des milliers de pages animée de l'esprit de cueillette, j'empilerais au fur et à mesure de leur découverte des mots, des phrases, des tournures dans un baluchon extensible, qui aurait la vertu de s'alléger tout en s'accroissant.

Les peintres, les potiers, les chanteurs, les poètes, tous les artistes se mettent au service de la feuille d'érable.

Un acquiescement aussi entier et passionné au règne des saisons m'est familier, c'est mon registre. Ma leçon de bord de mer. Une leçon murmurée, reçue et cultivée solitairement. Débarquer dans un pays qui l'a érigée en rite collectif me donne le vertige.

Les haïkus s'envolent.

Le couchant d'automne
On dirait
Le Pays des Ombres. (Bashō)

Ne pas comprendre un mot de ce qui se dit autour
de moi, être incapable de déchiffrer les enseignes,
les titres des livres et des journaux, les résumés des
pièces de kabuki affichés devant le théâtre Minami-
za me procure un repos, me rend plus réceptive, me
renvoie aux strates originelles de moi-même.
    Au temps d'avant savoir lire et écrire. Quand les
lettres faisaient partie des formes du monde.
    Les significations errent en liberté. Les sensations
ont la partie belle. Elles gagnent en force et en acuité.

Avec les gens, je m'en remets aux sourires, aux
gestes, à l'échange des objets, à la répétition ludique
de rares mots partagés en japonais ou en anglais.
    J'imite leur gestualité si nette. Leur manière de
saluer, de remercier, d'approuver. J'ai plaisir à prononcer tout haut, telle une incantation, *Hai*, Oui,
le h aspiré est du même ordre de bonheur que le
contact, au matin, de l'air chargé d'un parfum de
rivière et de sous-bois.

Nous fréquentons le marché de Nishiki bien sûr et quand nous y allons, j'aime me rappeler qu'il était à l'origine un marché en gros de poissons, mais le marché que nous aimons par-dessus tout, celui qui nous procure excitation, est le rayon nourriture du Takashimaya. On commence par contempler les vitrines du magasin, on s'imprègne de leur atmosphère de contes de fées, on traverse le rez-de-chaussée en zombies et, une fois les pieds sur l'escalier roulant, on se laisse conduire vers la fête. On entend avant de voir. Les appels des vendeurs résonnent à mes oreilles comme des cris d'oiseaux (pas ceux, rauques et menaçants, des corbeaux qui partout ici occupent le paysage et s'entrelacent, à l'aube, aux incantations basses et apaisantes des moines pour me tirer de mon sommeil ; les corbeaux me rappelant l'impact du Malheur, les moines m'indiquant une voie d'évasion), des appels divers et rivaux dont les sonorités neuves me font courir d'un stand à l'autre, oublieuse de ma liste de commissions. De toute façon, je n'oublierai pas l'essentiel. Ni la confiture de yuzu, ni les *takoyaki* (boulettes de poulpe), ni les kakis séchés, ni les gyozas aux crevettes, ni, dans le luxueux carré des alcools avec son coin dégustation, le saké préféré d'Allen, Kubota Manju *junmai daiginjo*.

Le sous-sol du Takashimaya est un marché enfermé dans la lumière dure d'un grand magasin et pourtant il en émane un effet général de brillance, de jour spécial, d'attention qui ne revient qu'une fois. L'impression d'une vaste et délicate entreprise d'emballage-cadeau élaboré à hauteur d'un projet artistique. Je fais mes achats portée par les aigus de voix de toutes jeunes filles aux allures paysannes malgré leur uniforme strict, ou subjuguée par l'autorité de ténors professionnels. Leur intervention sans doute précisément notée sur la partition du jour me prend, moi, au dépourvu. Ils peuvent pousser un solo devant une montagne de châtaignes ou cernés de champignons noirs, mais il est un stand où je suis certaine de les trouver : la poissonnerie. Des étalages d'algues fraîches, de crevettes, crabes, oursins, anguilles, thon, saumon, copeaux de bonite, morue, dorade, limande, sardine, lotte, et le *aji* (chinchard), le *saba* (de la famille du maquereau), l'exquis *buri* (la sériole) qui ne se pêche que dans le voisinage des côtes japonaises. Des huîtres, hors coquilles, sont empilées dans des bacs transparents. Des *Crassostrea gigas*, je les connais, ce sont les mêmes qui se cultivent dans le bassin d'Arcachon, des japonaises pour remplacer les portugaises décimées au début des années 1970. Leur masse blanchâtre et indistincte, leur nudité me gêne. Il règne dans l'espace dédié au poisson le silence même dont celui-ci est, parmi les animaux, l'emblème. Un silence lourd de la convoitise réfléchie des clients. Les explosions vocales des vendeurs y prennent un relief particulier. Ils vantent un arrivage peut-être, ou annoncent des réductions (plus approche l'heure de la fermeture du Takashimaya, plus baissent les prix), ou bien encore, pourquoi pas, les ténors poissonniers ne retiennent plus l'expression mélodique d'un état d'âme.

Et le *fugu*, le poisson-globe, que je nomme pour moi poisson-lune, et dont le foie contient un poison mortel, y en avait-il sur l'étalage ? Je n'ai pas demandé. Je m'en remettrai pour le goûter à l'expérience d'un cuisinier aussi excellent que dépourvu de tentations meurtrières.

Je suis bien au Japon, me dis-je en concluant mes achats par des sashimis et des sushis, l'archipel des pêcheurs et de la fureur de la pêche, d'un peuple d'une voracité illimitée pour tout ce qui vient de la mer. L'archipel des marins-pirates, des moines-guerriers, des spectres et démons du théâtre nô, des lignées d'acteurs de kabuki, des potiers fort buveurs de saké, des grands couturiers et des temples de poupées, des calligraphes, des poètes, des femmes secrètes

et secrètement l'objet de fantasmes pervers, des belles
endormies et des vieux fous, des femmes de sable
qui attirent dans leur antre indéfiniment humide et
mouvant des hommes qui se croyaient dotés de raison
et supérieurs aux événements et qui se répètent qu'ils
veulent s'enfuir tout en s'aggripant à leurs hanches
osseuses et se collant à leur peau maladive, grume-
leuse de grains de sable, l'archipel où l'on cultive l'art
d'arranger les fleurs et où l'on se suicide de la manière
la plus cruelle, volontiers à deux, parfois aussi tout
enfant, sous le coup d'une mauvaise note, d'un blâme
public, d'une angoisse tenace, d'une honte insurmon-
table, l'archipel où se conjuguent l'excès et la tradi-
tion, la violence et le calme, lesquels renforcent leur
intensité d'avoir trouvé le moyen de coexister… En
sortant du magasin, je croise beaucoup d'enfants, ils
ont l'air sages et heureux. Ils sautillent en tenant la
main de leurs parents. Des haut-parleurs diffusent
en boucle Vive le vent vive le vent vive le vent
d'hiver, c'est sirupeux à souhaits, on écoute *Vive le
vent* comme on suce un bonbon. Noël est une date
non religieuse au Japon, mais elle signale que nous
entrons dans une époque chargée de sens. Le passage
d'une année à l'autre est considéré comme une affaire
importante qui nécessite préparation et précautions.
La chasse aux érables rouges conduit ainsi par un che-

min tapissé de mousse (pour en adoucir le caractère socialement impératif) aux rites d'abandon de l'année finissante. Les Japonais s'appliquent à en effacer la part négative de façon à ne pas se présenter au seuil du nouvel an chargés de regrets, alourdis de ressentiments, empêtrés de passé. Ils s'efforcent de payer leurs dettes, de colmater les failles. Les collègues d'une même entreprise ou institution se réunissent pour des *Bōnenkai* («Oublions l'année»). Ils boivent, se racontent des blagues, échangent des cadeaux. Ils plaisantent, rient ensemble. Cela ne guérit sans doute pas les abcès de rancœurs, envies, jalousies, mais c'est un saut dans la bonne humeur et, pour un temps, on les oublie. Les femmes font le même travail, non de lessiver, symboliquement, les diverses crasses de la vie professionnelle (puisque leur vie professionnelle est, pour une large majorité, inexistante), mais de laver concrètement la maison de tout soupçon de saleté. Elles frottent, balaient, récurrent, jettent les objets abîmés, renouvellent les papiers des *shōji*, aèrent les tatamis. Les rites de purification englobent les personnes et leurs lieux. Dans quelques jours le monde doit repartir à zéro. Mettons toutes les chances de notre côté, assurons-nous de la bienveillance des dieux, concilions les esprits, accumulons les porte-bonheur, se disent-ils, jamais fatigués de multiplier

les conduites magiques. J'aime ce mélange de superstition et de détachement, un rapport à la fois léger et profond au sacré.

Notre petite maison avait ouvert avec nous. Il y a donc très peu à nettoyer. Quand même, nous scrutons le moindre recoin, traquons les moutons, lavons le carrelage et faisons briller les parties en bois. La maison reluit, est traversée d'air frais. Je lui trouve un parfum de bruyère.

Ou de pin.

Il est ici un arbre propice et bien-aimé, emblème de longévité.

J'ai été habituée, en dépit ou contre le bloc incompréhensible de la *Cellulosedupin* à aller jouer dans ses forêts, à glisser sur ses aiguilles, à respirer sa résine. Ce m'est une joie de le voir traité officiellement, religieusement, en présence bénéfique.

Nous avons accroché sur notre porte un *kadomatsu* (pin de seuil), une décoration rituelle, elle est constituée de pin et de bambou.

Longévité, prospérité ! Je les nomme tout haut à chaque fois que je franchis le seuil de notre porte.

Aux approches du nouvel an, il m'est impossible, où que je sois, d'oublier la proximité avec la date anniversaire de la mort de mon père. Ces jours pré-

liminaires de réjouissances ont pour moi une réso-
nance lugubre. Depuis longtemps je ne veille plus
à maintenir dans une séparation absolue le temps
immobile et dévorateur du deuil et le temps pro-
ductif et mobile de l'envie de vivre. Les deux s'in-
terpénètrent. À l'improviste le plus souvent, comme
lorsque j'ai lu dans *Personne*, de Gwenaëlle Aubry,
ce rêve de son père : « Peu de temps après sa mort
et alors que, déjà, je savais que j'écrirais sur lui (ce
livre devait être de toute façon, mais tant qu'il était
vivant, ç'aurait été un livre noir, plein d'aveux et
de violences), il m'est apparu en rêve, dans l'un de
ces rêves si denses, si précis et si francs qu'ils sont
l'irruption d'une présence. Il était assis, massif,
grave, apaisé, à la barre du vieux voilier qu'il ancrait
jadis dans la baie d'Arcachon et, sans me quitter des
yeux, sur la mer calme et comme fondue au ciel à
force de clarté, il s'éloignait. »

J'étais sidérée. Comme si François-Xavier Aubry,
cet homme avide de jouer tous les rôles proposés par
la société, anxieux de tâter de tous les personnages
(du jeune juriste prometteur au vieux clochard,
en passant par le professeur à la Sorbonne) et mon
père, indifférent ou même étranger au théâtre du
monde, ne faisaient plus qu'un pour voguer sur le

même bateau et sur la même eau, le regard tourné vers leur fille orpheline, vers la part muette qu'ils avaient creusée en elle, leur seul héritage, dont il me faudrait, à moi en tout cas, de longues années pour y voir ma vraie richesse.

Le deuil revient à l'improviste, comme les rêves, avec les rêves, ou bien selon une fatalité.

Et les dates relèvent de la fatalité.

Ce matin du 31 décembre 2010, je me suis réveillée au son de la prière d'un moine mendiant parcourant les ruelles du quartier. C'était assez pour que je m'extirpe, angoissée, de ma nuit, avale un café à la hâte et frôle le *kadomatsu* sans lui accorder un regard. Il bruinait. Les rues étaient vides. La propension japonaise à la discrétion, au retrait, aggravait mon impression d'une éternité à l'image d'une nappe de désolation. Tout ce que j'avais lu de liens entre Kyoto et la mélancolie me revenait à l'esprit. Et moi qui d'habitude me rebelle contre son emprise, j'éprouvais une amère satisfaction à me trouver dans une ville pour beaucoup synonyme de tristesse, avec ce que la tristesse peut comporter d'addiction, et d'élégance. Un de mes cafés préférés n'était-il pas le Sagan, sur le

Chemin de la Philosophie, ainsi nommé par son premier propriétaire sans doute parce que *sagan* veut dire « rive gauche » en japonais, mais aussi en référence au roman *Bonjour tristesse*? Encouragée par le génie du lieu, je ne résistais pas. Je comprenais la passion triste, ou plutôt je la laissais m'enrober. Ce matin-là, j'aimais Kyoto pour ses ciels gris, son humidité pernicieuse, un écoulement continuel de ruisseaux, rivières et canaux, un suintement généralisé qui irrigue des pans entiers de la montagne Higashiyama et produit des centaines de variétés de mousse. Dès que l'on commence d'y céder l'humeur sombre assure sa domination et vous fait descendre plusieurs crans au-dessous, et, si vous semblez mûr pour vous associer à la foule muette et solitaire des affligés, alors, à votre insu, l'assombrissement gagne, les ténèbres vous encerclent et ne vous lâchent plus... Je marchais sans but dans des rues désertes, longeais des façades de maison aux fenêtres opaques, croisais dans un frôlement de parapluies un passant prompt à se dissoudre dans le brouillard de pluie où disparaissait la ville.

Je percevais Kyoto dans son aura maléfique. Elle était la ville fantôme du Pays des Ombres.

Mon absence de sens de l'orientation avait au Japon empiré à la limite du possible. Normalement, j'y trouvais des avantages, une manière de favoriser l'imprévu, et que les perspectives ne cessent de se redessiner. Mais aujourd'hui la désorientation se retournait contre moi. C'est du moins ce que j'ai cru jusqu'à ce que je me trouve au pied d'une bâtisse en pierre, de style victorien, aux étroites ouvertures envahies de lierre. Un escalier noble menait à un restaurant sophistiqué à l'étage supérieur ; quatre marches usées et détrempées conduisaient à un entresol faiblement éclairé. J'ai pris l'escalier de la cave.

La pièce, de dimensions réduites, était emplie d'antiquités. En réalité, c'était à la fois un salon de thé et un magasin. À un comptoir de bois, incurvé, lisse et bruni par la patine, étaient assis, à distance, deux Japonais, un homme et une femme. Lui lisait et prenait des notes. Elle consultait son smartphone, puis se levait pour parcourir la disparate collection d'objets déployés partout dans le magasin-salon de thé, sur des étagères, des plateaux, des tables de nuit, des consoles. Le rebord intérieur des fenêtres, une partie du comptoir, les murs aussi étaient couverts. La femme parfois s'arrêtait pour regarder de plus près un chapeau à voilette, un sac en perles, une théière à petites fleurs, une paire de sabots de porcelaine miniature, un collier de jade… Afin de ne pas déranger les deux clients je me suis installée à un bout du comptoir, sous des fleurs d'hortensia séchées et à côté de la caisse. Elle était en métal, tout incrustée de pierres. Dans le coin opposé, au fond de la pièce, un vieux monsieur habillé d'une veste de tweed flottante sur sa minuscule silhouette bougeait avec lenteur des papiers, des enveloppes, des livres. Une bouilloire, des tasses à thé faisaient amies avec la paperasse. Je m'étais faite si discrète que le monsieur ne s'était pas aperçu de ma présence. À ma vue, il a trottiné vers moi et m'a apporté une liste, en japonais. J'ai pointé un nom au hasard, le thé était délicieux. Une horloge se manifestait tous les quarts d'heure. Pour rien, car le vieux monsieur était retourné à son triage. Et les deux clients semblaient chacun durablement rivés à leurs préoccupations. Pour moi, je me contentais de l'exploration d'une étroite zone située entre l'extrémité du comptoir et les fenêtres au dehors mangées par le lierre. Un mini-territoire dédié à une littérature anglaise pour enfants, une enclave d'Alice au pays des merveilles. Des livres pour apprendre à lire, à compter, à chanter. Et éparpillées autour du phonographe, des cartes postales anglaises anciennes. M'a sauté aux yeux une carte pour la Saint-Valentin, quasi identique au premier courrier que j'avais reçu de mon père et que, pour cela même et pour ma

joie violente et confuse à sa réception, j'avais réussi à conserver jusqu'à aujourd'hui. Elle était postée de Paris à l'adresse de mes grands-parents maternels mais à mon nom. Je l'avais longtemps tournée, recto verso, entre mes doigts. Je l'effleurais avec précaution, comme on fait d'un talisman dont on craint par maladresse d'annuler le pouvoir. Que le message soit écrit en anglais accentuait son caractère de mystère :
Every day – there seems to be
Something wonderful to see!
La femme avait acheté le collier de jade, l'homme refermé son livre. Je n'arrivais pas à me détacher de la table aux cartes postales. Par-dessus la caisse échouée des siècles le vieux Japonais, qui peut-être avait vécu à Londres une jeunesse endiablée, m'a adressé le plus beau des sourires et a dit *Sadness*. Sa voix était d'une infinie douceur, comme ses gestes et son lieu, sa caverne aux trésors. Il avait dû les accumuler au hasard mais, par une singulière alchimie, toute personne qui poussait la porte, pour peu qu'elle soit dans une juste réceptivité et rencontre le bon objet, touchait à un moment précieux de son passé.

J'ai quitté le Maître des objets qui font battre le cœur, le Magicien du changement de la douleur à la douceur. Je suis remontée à la surface du monde.

Every day — there seems to be
Something wonderful to see!

Chaque jour apporte une nouvelle merveille.

La pluie était devenue neige. Un léger duvet unifiait les rues et les immeubles, les enceintes sacrées et les arrêts d'autobus, l'herbe au bord des cours d'eau, leurs ponts de pierre ou de bois, les vagues des jardins secs et les îles qu'immobiles elles cernent.

Après les feuilles rouges, la neige : tel était l'ordre de la Nature.

Bientôt la neige s'est densifiée. Les mêmes rues qui m'avaient paru si désolées s'animaient maintenant de gens heureux de cette rare coïncidence : une tempête de neige un soir de 31 décembre. Se fêteraient ensemble l'événement de la neige et le passage en la nouvelle année, l'année du Lapin.

J'ai pensé à Sei Shōnagon et comment un des charmes de *Notes de chevet* est sa manière si jeune, si entière, d'accueillir d'un regard également ébloui de vastes splendeurs et d'infimes sensations. Elle est en même temps une dame de cour sophistiquée et une petite fille certaine que chaque jour apporte une nouvelle merveille. Comme, au palais impérial, ce jour d'hiver où « la neige tomba et forma une couche très épaisse. Une fois, les dames en ramassaient et en entassaient beaucoup dans toutes sortes de couvercles. "De la même façon, s'écrièrent-elles, nous pourrions faire bâtir dans le jardin une vraie montagne de neige !" »

J'aurais dû me munir de couvercles de Dame de Cour pour bâtir ma montagne de neige, heureusement la tempête, redoublant d'intensité, allait s'en charger...

Nous étions, Allen et moi, invités à une soirée dans une maison au-dessus du Chemin de la Philosophie. C'était une assemblée cosmopolite, saké et champagne alternaient, les langues se mêlaient, on posait des questions qui restaient sans réponse, on faisait comme si on se comprenait, parfois c'était vrai.

Nous avons continué d'être bien attentifs – comme nous l'étions depuis des semaines – à respecter tous les rites, ceux qui promettent de vivre longtemps, ceux qui vous libèrent des impuretés commises... Les cloches, de temple en temple, se faisaient écho.

À minuit, nous sommes sortis sur la terrasse. L'horizon nord de Kyoto, la colline Yoshida, le ciel... l'effacement était total. D'épais flocons virevoltaient, nous tombaient dans les cheveux, le long des joues, sur les yeux. Des flocons fantasmes, des flocons fous, échappés des prestiges de l'Ombre et qui croyaient comme nous au commencement.

Sur le chemin du retour nous nous tenions fort par la main pour nous empêcher de tomber. Au lieu de bonhommes de neige, des enfants avaient sculpté des lapins. Certains s'affolaient déjà à l'idée de la fonte de leurs grandes oreilles. D'autres s'en moquaient. Leurs modèles grelottaient de froid sous les tapis de feuilles mortes et les haies de camélias. Il n'y avait pas le moindre bruit. Allen m'a chuchoté un mot nouveau, un prénom, qu'il avait entendu dans la soirée : *Miyuki*. Il signifiait : « Silence de neige profonde ».

Sur le point de m'endormir, à l'aube, j'ai aperçu par la fenêtre, dans le cimetière du temple voisin, les moines jeter au feu des stèles de bois enlevées des tombes. Quelle horreur, ai-je songé, avant de me rappeler que ce qui des défunts partait ainsi en fumée était leur nom de mort. Pour leur nom de vivant, me suis-je dit, au spectacle des flammes éclairant la nuit, il revient à chacun, à sa façon, d'en sauver la trace.

Leur nom de vivant.

L'empreinte de leur amour.

De sable et de neige

TABLE DES ILLUSTRATIONS

p. 4. Relief de feuillage doré par le sable. Cap Ferret, 2019. Photo Allen S. Weiss.

p. 10. En compagnie de ma mère et mon père, sur la plage de la jetée Thiers. Dans une abondance de varech, l'un de mes premiers éléments naturels de fascination. Collection particulière.

p. 19. Grands-parents maternels, Félix et Eugénie, sur la plage de Saint-Clair au Lavandou. Collection particulière.

p. 20. Grands-parents paternels, Émile et Aline, avec mon arrière-grand-mère. Elle n'avait jamais quitté sa campagne. Collection particulière.

p. 23. Un bateau : le plus sûr appui. Au loin, les tentes rayées où j'adorais me faufiler. Collection particulière.

p. 26. Avec mes amies, d'enfance et de toujours, Catherine et Maud Sauvageot. Collection particulière.

p. 30-31. Blockhaus, sur la plage de l'Horizon, Cap Ferret, 2019. Photo Allen S. Weiss.

p. 33. Graffiti en constante réécriture par le travail conjugué de l'eau de mer, du soleil et des intempéries. Détail. Plage de l'Horizon, Cap Ferret, 2019. Photo Allen S. Weiss.

p. 39. *Fillette à l'oiseau mort*, anonyme de l'école flamande, vers 1500-1525, Musée des Beaux-Arts de Bruxelles. Photo © Bridgeman Images.

p. 47. Parc à huîtres. « Ambulances », pochons ou autres sacs en plastique pour protéger des huîtres d'un an. Elles sont posées sur des structures métalliques (qui ont remplacé, à partir des années 1960, les caisses en bois grillagées). Cap Ferret, 2019. Photo Allen S. Weiss.

p. 48. Dans une lettre de Charles Nodier à un ami, on peut lire que « le nom primitif de l'huître fut probablement l'exclamation, le cri de plaisir que la douce saveur de l'huître avait excités ». Et non pas, comme s'en étonne le sémioticien Gérard Genette, « une *vive mimologie* de l'acte de la gober ». Photo Chantal Thomas.

p. 52-53. Hokusai (1760-1849), *Mont Fuji rouge* dit aussi *Vent du Sud, ciel clair (Gaifū kaisei)*, série d'estampes *Trente-Six Vues du Mont Fuji (Fugaku sanjūrokkei)*, vers 1830-1832, gravure sur bois, encres noire et colorées, Collection Henry L. Phillips, Metropolitan Museum of Art, New York. Photo The Metropolitan Museum of Art /API – CC 1.0. Il existe entre les paysages du bassin d'Arcachon et ceux du Japon de profondes affinités.

L'artiste bordelais, Jean-Paul Alaux (1876-1955), s'est dit « hanté » par ces ressemblances, ce dont témoigne sa série d'estampes *Visions japonaises.*
Et Henri Matisse, à son arrivée sur la presqu'île du Cap Ferret, au village Le Piquey, écrit au peintre Albert Marquet : « C'est tout à fait le Japon des estampes. » (Juillet 1915)

p. 57. Ma maison d'enfance, de « style arcachonnais » (c'est-à-dire asymétrique, combinant en façade pierres et briques, et enjolivée d'incrustations), dans le quartier de la Ville d'Automne, 2019. Photo Allen S. Weiss.

p. 67. Je ne me déplaçais jamais sans une ou plusieurs poupées. Mais les sorties de la Grande Poupée, la poupée de porcelaine, l'Ancêtre de toutes les poupées, étaient rares. Les poupées m'ont appris très tôt que nous avions tous les âges à la fois et que, si plusieurs discours se bousculent dans notre tête, ce n'est pas grave, au contraire, elles se chargent gentiment de les incarner. Collection particulière.

p. 71. « Ma mère est la reine du bonnet de bain ; je suis née pour le bikini », comme je l'écris dans *Souvenirs de la marée basse* (Fiction & Cie, Seuil, 2017), portrait de ma mère en nageuse. Collection particulière.

p. 83. La maison de mes grands-parents maternels, dite la maison-des-escaliers.
De gauche à droite, mon grand-père Félix, moi (juchée), mon père, ma grand-mère Eugénie. Collection particulière.

p. 86. Oyat (*Ammophila arenaria*), littoral de la dune du Pilat, 2019. Photo Allen S. Weiss.

p. 90-91. Kitagawa Utamaro (1753-1806), *Souvenirs de la marée basse*, (*Shiohi no tsuto*), 1789, estampe, Bibliothèque nationale de France, département des estampes et photographies. Photo © BNF, Paris.
La découverte, bien avant mon premier séjour au Japon, de ces estampes en couleur, gravées sur bois et accompagnées de poèmes, a été pour moi une révélation. Elle touchait aux moments les plus silencieux, recueillis, fugitifs, du bonheur de bord de mer, et, dans son pouvoir de résurrection, à mon désir d'écrire. En reprenant ce titre, il me semblait reprendre les gestes si bien saisis par Utamaro de ces ramasseurs de coquillages et amoureux de l'infime. *Shiohi no tsuto* réalisait mon fantasme d'écolière : « Ouvrez vos cahiers à la première plage. »

p. 100-101. Collection particulière.

p. 105. La cabane du Petit Palet. Collection particulière.

p. 111. Avec Chasko. Collection particulière.

p. 117. Parc à huîtres, Cap Ferret, 2019. Photo Allen S. Weiss.

p. 122. Jardin de la Ville d'Hiver, 2018. Photo Chantal Thomas.

p. 133. Mon père, le 21 février 1956 : l'Événement de la neige à Arcachon. Photo Mouls.

p. 138. Affiche du Ski Club Arcachonnais (1956). Il existe des tentatives actuelles pour relancer la piste de grépins.

p. 141. Mon père. Collection particulière.

p. 149. Dessin de l'auteure, lycéenne, au dos d'un exercice de mathématiques. Ce dessin déchiré et recollé a traversé déménagements, voyages, désordres. Collection particulière.

p. 155. Mon père. Collection particulière.

p. 167. La dune du Pilat, 2019. Photo Allen S. Weiss.

p. 168. Hokusai, *Maison de thé à Koishiwada, petit matin après une chute de neige* (*Koishikawa yuki no ashita*), série d'estampes *Trente-Six Vues du Mont Fuji (Fugaku sanjūrokkei)*, vers 1830-1832, gravure sur bois, encres noire et colorées, Musée des Beaux-Arts Pouchkine, Moscou. Photo © FineArtsImages /Leemage.

p. 172. *Momiji* au temple Shōkoku-ji, Kyoto, 2009. Photo Allen S. Weiss.

p. 175. Sashimi avec *momiji*, restaurant Ryozanpaku, Kyoto, 2009. Photo Allen S. Weiss. Photo publiée dans Allen S. Weiss, *Zen Landscapes* (Reaktion Books, 2013).

p. 179. *Momiji*, page d'un de mes carnets de voyage, où se mêlent notes et collages. Collection particulière.

p. 185. Zuihō-in, l'un des temples secondaires de l'ensemble Daitoku-ji, célèbre pour son jardin de pierre, créé en 1961 par Shigemori Mirei (1896-1975), Kyoto, 2007. Photo Allen S. Weiss.

p. 193. Carte postale de Mabel Lucie Attwell. Collection particulière.

p. 197. L'étang Kyōyōchi dans le parc du temple Ryōan-ji, à Kyoto, lors de la tempête de neige du 31 décembre 2010. Photo Allen S. Weiss

Pour les noms japonais cités, je suis la convention japonaise qui consiste à faire précéder le prénom ou le nom d'artiste du nom de famille.

MES VIFS REMERCIEMENTS

À *Colette Fellous, pour ce livre de mots et d'images,*
fruit d'une longue amitié, indissociable de l'enseignement
de Roland Barthes et de nos conversations nomades
dans les cafés de Montmartre et d'ailleurs…

À *Michaël Ferrier, dont la présence et les livres ont joué*
un grand rôle dans ma découverte émerveillée du Japon.

À *Constance et Denis Mollat, pour le charme de leur hospitalité,*
la saveur des déjeuners d'huîtres, et leur savoir intime
du bassin d'Arcachon.

TABLE DES MATIÈRES

Le chemin de l'Horizon   11

Habiter en passant   35

Ambassadrices de sauvetage   55

Ouvrez vos cahiers à la première plage   73

L'enfant malade   77

Les lignes d'écriture   87

Le Petit Palet   95

La vague jaune   113

Facture   123

Le 21 février 1956   129

La piste de ski d'Arcachon   137

De la poudreuse plein les yeux   143

Le visage couvert   157

Le paysage intérieur   169

Le Pont qui traverse le Temps   173

DE LA MÊME AUTEURE

Au Mercure de France

La Lectrice-adjointe suivi de *Marie-Antoinette et le théâtre*, 2003
L'Île flottante, 2004
Jardinière Arlequin : Conversation avec Alain Passard, 2006
Elle a édité et préfacé la série « Femmes du XVIIIe siècle »,
« Le Petit Mercure ».

Chez d'autres éditeurs

Sade, l'œil de la lettre, Payot, 1978, réédité sous le titre *Sade, la dissertation et l'orgie*, Rivage Poche n° 384, 2002
Casanova, un voyage libertin, Denoël, « L'Infini », 1985, Folio n° 3125
Don Juan ou Pavlov : essai sur la communication publicitaire avec Claude Bonnange, Seuil, 1987, Points Essais n° 218
La Reine scélérate : Marie-Antoinette dans les pamphlets, Seuil, 1989, Points Histoire n° 395
Thomas Bernhard, Seuil, 1990, réédité sous le titre *Thomas Bernhard, le briseur de silence*, « Fiction & Cie , 2007
Sade, « Écrivains de toujours », Seuil, 1994
La Vie réelle des petites filles, Gallimard, « Haute Enfance »,1995, Folio, n° 5119
Comment supporter sa liberté, Payot, 1998, Rivage Poche n° 297
Les Adieux à la reine, Seuil, « Fiction & Cie », 2002, Points n° P1128
(Prix de l'Académie de Versailles, Prix Femina)
Souffrir, Payot, 2003, Rivages Poche n° 522
Le Palais de la reine, Actes Sud-Papiers, 2005
Apolline ou l'École de la providence, Seuil, 2005
Chemins de sable : Conversation avec Claude Plettner, Bayard, 2006, Points Essais n° 596
Cafés de la mémoire, Seuil, « Réflexion », 2008, Points n° P4657 (Prix littéraire de la ville d'Arcachon)

Le Testament d'Olympe, Seuil, « Fiction & Cie », 2010, Points n° P2674

L'Esprit de conversation. Trois Salons, Payot, Rivages Poche n° 706, 2011

Casanova, la passion de la liberté (codirigé avec Marie-Laure Prévost, Bibliothèque nationale de France / Seuil, 2011

L'Échange des princesses, Seuil, « Fiction & Cie », 2013, Points n° P3327

Un air de liberté. Variations sur l'esprit du XVIIIe siècle, Payot, 2014 (Prix de l'Essai de l'Académie française)

Pour Roland Barthes, Seuil, « Fiction & Cie », 2015, Points Essais n° 891

Souvenirs de la marée basse, Seuil, « Fiction & Cie », 2017, Points n° P4835

East Village Blues, photographies d'Allen S. Weiss, « Fiction & Cie », Seuil, 2019, Points n° P5190 (Prix Le Vaudeville)

Café Vivre. Chroniques en passant, « Fiction & Cie », Seuil, 2020

Prix Roger-Caillois de littérature française, Grand Prix de la Société des gens de lettres et Prix Prince Pierre de Monaco pour l'ensemble de l'œuvre.

ALLEN S. WEISS a publié *Comment cuisiner un phénix* (2004), *Autobiographie dans un chou farci* (2006) et *Le goût de Kyoto* (2013) au Mercure de France. Il est aussi l'auteur de *Miroirs de l'infini* (Seuil, 2011) et de *Zen Landscapes* (Reaktion Books, 2013) illustré de ses photographies. Il a également réalisé les photos pour *East Village Blues* de Chantal Thomas (Seuil, 2019). Il enseigne à la Tisch School of the Arts de New York University.

Chantal Akerman, *Ma mère rit*
Pierre Alechinsky, *Des deux mains*
Jean-Christophe Bailly, *Tuiles détachées*
Christian Bobin, *Prisonnier au berceau*
Catherine Cusset, *New York, journal d'un cycle*
Erri De Luca, *Les Saintes du scandale*
Jacques Ferrandez, *Entre mes deux rives*
Michaël Ferrier, *Scrabble*
Roger Grenier, *Andrélie*
Jean Christian Grøndahl, *Passages de jeunesse*
Pierre Guyotat, *Coma*
Arthur H., *Fugues*
Hubert Haddad, *Les coïncidences exagérées*
Yannick Haenel, *Le sens du calme*
Christophe Honoré, *Ton père*
Christian Lacroix, *Qui est là ?*
J.M.G. Le Clézio, *L'Africain*
Rosetta Loy, *La première main*
Diane de Margerie, *Passion de l'énigme*
Richard Millet, *L'Orient désert*
Marie NDiaye, *Autoportrait en vert*
Pascal Ory, *Jouir comme une sainte*
Denis Podalydès, *Voix off*
J.-B. Pontalis, *Le dormeur éveillé*
Willy Ronis, *Ce jour-là*
Enrique Vila-Matas, *Chet Baker pense à son art*
Jan Voss, *À la couleur*

Composition : Dominique Guillaumin, Paris
Achevé d'imprimer par l'Imprimerie Corlet
En mars 2021.

Premier dépôt légal : novembre 2020.

Dépôt légal : mars 2021.

Numéro d'imprimeur : 21020597

ISBN : 978-2-7152-5369-8/ Imprimé en France.

395961